书魅文丛
第二辑

王文静 著

小书大家

XIAOSHU DAJIA

江西高校出版社

图书在版编目（CIP）数据

小书大家 / 王文静著. ——南昌：江西高校出版社，2015.7

（书魅文丛·第2辑）

ISBN 978-7-5493-3577-0

Ⅰ.①小… Ⅱ.①王… Ⅲ.①散文集—中国—当代 Ⅳ.①I267

中国版本图书馆 CIP 数据核字（2015）第167906 号

责 任 编 辑	宋美燕　黄　倩
装 帧 设 计	邓家珏
排 版 制 作	邓娟娟
出 版 发 行	江西高校出版社
社 　 　 址	江西省南昌市洪都北大道96 号
邮 政 编 码	330046
总编室电话	（0791）88504319
编辑部电话	（0791）88595397
销 售 电 话	（0791）88517295
网 　 　 址	www.juacp.com
印 　 　 刷	江西新华印刷集团有限公司
经 　 　 销	全国新华书店
开 　 　 本	850 mm × 1168 mm　　1/32
印 　 　 张	10.75
字 　 　 数	225 千字
版 　 　 次	2015 年 10 月第 1 版第 1 次印刷
书 　 　 号	ISBN 978-7-5493-3577-0
定 　 　 价	29.80 元

赣版权登字-07-2015-575

书是有魅力的

——"书魅文丛"策划者言

在我身边或离我很近、很远、不近不远的地方，有一些这样的人，他们喜欢书，喜欢买书、藏书、读书，喜欢与人分享读书的快乐。他们把书当作了阳光、空气和水，不能离开须臾。他们的喜怒哀乐都跟书密切相连：有点钱就用来买书，有点时间就用来看书，一息尚存就用来爱书。

这样的朋友，说书是他们的生命，极端了，毕竟人活着是第一位的；但要说书是他们的第二生命，我认为不过分。甚至可以说，他们活着，是为了读书；没有书给他们读，他们大抵是活不下去的。这样的人，我们叫他们读书人、爱书人，或者读书种子，形象一点的叫法是书痴、书虫。

有人问，书有这么大的魅力吗？这么问的人肯定不是读书人，没有享受过读书的乐趣。这样的人也会读一些书，那一般是冲着颜如玉、黄金屋去的，或者把书当成"进步"的阶梯。他们读的是书中的字，他们不知道更美的风景在字里行间。

书是有魅力的，书的魅力是思想的魅力、科学的魅力、意趣的魅力、风情的魅力。我坚定地认为，书里面是藏着鬼的，每一本书里面都有一个鬼或几个鬼。妖娆的女鬼，幽默的男鬼，活泼的小鬼，严肃的老鬼，各种鬼都有。但不是一打开书这个鬼就会欢跃着跑出来。他（她）需要你读进去了，就像穿越了《哈利·波特》里面的九又四分之三站台，你身上慢慢沾上了这本书的鬼气，鬼才会慢慢在你面前现身。在鬼眼里，你因为读了这本书，接受了书里面的思想和气息，你也成了他（她）的同类了，他（她）才会愿意跟你交谈，甚至跟你做朋友。

书中的鬼，你叫他（她）精灵也不会错。

据说晚上读书，更容易与书中的鬼相见，交谈会更酣畅。这就是很多人喜欢晚上读书的原因吧。

为什么有些人嗜书如命？就是被书中的鬼迷住了心窍。手不释卷，欣然忘食，通宵达旦，这些读书人的痴迷劲，其实就是鬼上身了，欲罢不能。

很多朋友喜欢把读书的乐趣与人分享，把买书的乐趣、淘书的经历、读书的感悟与同道分享，写了很多这样的"书话"。也不断有这样关于书的书出版。2014年年初去京城出差，与久违的好友孙卫卫见面，聊到读书，聊到他和作家安武林出版的《喜欢书》《爱读书》。这两本关于读书的书是由一家文化公司策划，在我社出版的，现在不印了。卫卫问我是否愿意重印。我想仅仅重印意思不大，不如策划一个系列，不仅将这两本书重新出版，而且收录新的书稿，慢慢作为一个品牌来做。跟卫卫商量了一下，就取名为"书魅文丛"，写书的魅力与读书人的痴迷，这就是这套丛书的定位。

书是有魅力的，好读书者还大有人在。希望更多的人喜欢书，越多越好。

邱建国

序

总有一种可能,改变人生

人生四十,回首往事,沧桑深处,来时之路,给我希望信心执着勇气的,除了性格中的努力进取,就是爱上读书。

我这个冀中乡间女子,一路十八桥、史家桥、王氏小村,我的父母给予我肉身的同时,也传承了祖上嗜读的性情。就像土改时的爷爷、"文革"时的父亲,他们总不甘心现实的平庸粗糙,冒着各种书被烧毁、人被批斗的风险,偷着、藏着、掖着读各种文艺书刊,学着像书中的男子,举止操行有着村上人家没有的书香气质。

幼时,爷爷早逝。关于爷爷酷爱读书的往事,在左右邻居嘴里疯传:地主家的账房先生手不释卷,枕头底下、柴草房里、账本薄里,总夹有一本翻旧的大部头——《三国演义》《聊斋志异》《红楼梦》。爷爷爱书,潜移默化地影响到父亲。少年时,母亲又把父亲偷偷读过藏起的旧书,翻箱倒柜地拿出来给我们看。多年后,我才知道,那本叫《野火春风斗古城》的红色小说,竟然是大作家莫言早期读过的小说。父亲还告诉我,书的作者就是我们家乡的老作家李英儒。

十几岁,初读一本家藏的旧版《聊斋志异》,就痴痴傻傻地想,我的前世,肯定是与笔墨文字有着宿缘的古时女子,最喜欢蒲留仙笔下穷书生身边的那些精灵狐仙,企盼着钟情的饱读诗书的官人能有朝一日,登科折桂,不为官宦致仕,只为从此书香之族,笔墨子孙。

在接触了不少外国小说,多读了几本英美女性小说后,我才知道写小说的那些西洋女子,追求独立自主,从来不依附男子,坚持走自己的读书写作之路,比如写《飘》的玛格丽特·米切尔,比如写《简·爱》的夏洛蒂·勃朗特,比如写《傲慢与偏见》的简·奥斯汀。比起小说本身,我更喜欢读小说前序中介绍的作家传略和真实的写作背景,这些文字更让我感动。

中外文学的不同,逐渐改变了我的文学思想。与其做红袖添香的红粉精灵,还不如靠自己的勤奋努力,置身书香,笔犁砚田,过一种躬耕文字的笔墨人生。这个小小的精神梦想,犹如一粒种子,在每年早春都蠢蠢欲动;又似天边的点点星光,照亮我不断成长的脚下路程。书的梦,是读是写,都让我无法融入同龄的乡村女子群体,与书为伍让我成为"异类"。我的目光,总喜欢眺望村外的那条乡村公路,这是通往外面世界的唯一途径。我等一辆车,载我绝尘离去。

中学读书,因我嗜读杂书,导致偏科严重,文科极好,理科极差,哪里能做到成绩优异。我的青春被阻挡在高考独木桥这一边,进不了象牙塔。可是我不甘心,我坚信条条大路通罗马。我在等,等一个与文字笔墨结缘的绝佳机会。

为了这个美好的未来,我做着各种准备。少年到青年,我借遍村里有书人家所有的可读之书;离开学校,十八岁的我放弃了各种去民营工厂打工赚钱的机会,选择去村小做代课教师,工资只有一百块钱不到。我固执地认为,离书最近的地方,才会让我一步步靠近未来的美好。

读书的梦就像一只倔强的不死鸟,上下翻飞,低鸣歌唱,不停地盘旋在我的梦境里、书本里,在我睡前醒后不停笔地胡乱涂鸦的薄纸上,在不可感知的未来和遥远的地方。

有那么一束光,曾经照亮我物质匮乏的现实世界,不断给我进取向上的精神力量。代课教书前五年,我有过一段短暂的书香时光,我以为那就是我要的生活。教书之余,我尽享读书的开心愉悦。

十八九岁,我的朦胧初恋对象,是一个喜读文艺书刊的文学青年。我们相识于学校文学社的诗歌朗诵会上。我们组织诗会,编辑文学诗刊,身边有一大帮读书群落。中学毕业后,我们各奔西东。我进了村小做代课教师,他去了南方一所卫生学校。但一南一北,并没隔断我们的交往。

放假的日子,我们彼此邀约骑了单车,去十几里之外的县城,不是去书店,就是去县城图书馆。十五块钱的借书证,借巴金的《家》、铁凝的短篇小说集,借厚厚的唐诗宋词赏析词典,去书店买路遥的《平凡的世界》,买贾平凹的散文集。然后我们推着车子散步到邮局报刊亭,他买《星星》《诗刊》《诗选刊》,我买《小小说选》《微型小说选》,还有流行的期刊《辽宁青年》《青年文摘》《读者文摘》(即后来的《读者》),俩人钱包里的零碎钞票,全部掏给了新华书店不远处的邮政报刊亭。

我的读书写作之梦,种子开始萌发。雪花飞舞的寒假,茫茫雪野,在通往县城的窄窄公路上,我俩和一群热爱读书喜欢诗歌的乡村年轻人,骑着单车,风一样赶往县城文联,去参加一场诗歌讲座。诗歌讲座结束后，我们敲响文联主席的办公室门，把我们业余写成的诗作，无比虔诚地双手递到热情洋溢的文联主席手里。

年轻的我们，因为那时的文学狂热，而互相吸引，然后是长达五六年的鸿雁传书。在书信里，我和他谈诗歌，谈小说，谈我们读到的任何书籍，唯独不谈爱情。那几年，我的诗歌开始发表，我的读书随笔开始起步，我的文字展开了飞翔的翅膀。直到今天，我也固执地认为，是他在青春之初，陪我走上了书话写作之路。

可是他在城市，我在乡村，一个乡村代课教师和一个学医的文学青年，漫长的书信来往，短暂的假期相逢，话题只有读书和写作。到了谈婚论嫁的年龄，生活里逐渐出现了电话、手机短信、网络，彼此开始疏离，我们的书信越来越短，越来越闪躲。同时我们对文学的热爱也从狂人迅速降温冷却，读书写作，从纸面转移到网络。

最后的一封信，我说："青春时光里，因为书而充实丰盈，因为写作有了精神寄托，因为诗歌赶走了现实的黑暗和灰色，因为绿色邮筒有了交流的渴望和阅读的倾诉。感谢有你，我的青春文字不寂寞，多了温暖和坚持。"他说："你的读书写作，一定要坚持下去。我相信你的才气和毅力。我即将从事的职业，在救死扶伤和读书写作之间，我必须选择前者。我懂你，在消毒水和文字书香之间，你肯定会选择后者。我愿此生只做你的文字读者，用我的方式关爱着你。我相信未来会有一个男子,爱书如你,阅读如你,比我更有才气,和你一起敏锐地捕捉文字间的甜蜜。"

代课教书的后几年,眼瞅着村小很多坚守三尺讲台多年的老"民办",依然过着贫穷困顿的生活,在经济大潮的冲击中,很多人选择黯然离开。我的那些没读过几年书的小学同学,凭着胆大和机遇,几年就赚得盆满钵满,趾高气扬,财大气粗。与之相比,我们这些憨憨实实的文化知青,迅速被遗忘在村庄的角落里。有文化没出息,上了学有啥用?现实的迷惘,我唯恐自己也像大多数的文化年轻人,在追求无望,奋斗无果,梦想被现实碾压挤破之后,开始沉沦颓废,随波逐流,泯然于众。

我执拗倔强的性格,搅动着我不断成熟的年岁。再不行动,再不离开,我的青春小鸟一去不回来。就像无数同龄的乡村女子那样结婚嫁人,生儿育女,在乡村日出日落匆匆轮回里庸碌一生?那样死水般静止的一辈子,我会后悔。与其寸肠悔青恨不当初,还不如立刻行动。

寻找下一个精神路口,拯救快要迷失的自己,扛起背包,去追寻属于自己的生活方式。我相信,总有一种可能,改变人生。不灭的梦想,就在前方,温暖并照亮我脚下的行程。为此我宁愿从头开始,风雨兼程;为此我推掉了唾手可得的媒妁姻缘,离开父母羽翼下的安然舒适。

二十八岁,我送走最后一届毕业班。辞了教职,我做出离开乡村的决定,去城市谋生活。乡村越来越荒凉,越来越物质化。我怕有那么一天,我的读书写作梦被现实碾灭,被乡村的荒凉落败代替。

　　落脚古城保定，感谢它的宽容和接纳。一个读到高三，没有参加高考的高中生，从私家幼儿园的语言老师做起，然后一次又一次和几个刚毕业的师范生在三尺讲台上PK，竞聘一个民办学校的小学语文老师，再到和一大帮师范大学毕业的年轻人，争夺一个文学写作辅导老师的岗位，然后签约了这座古城一所著名的外国语中学。

　　离书最近的地方，有我的梦想。教书之余，我没忘记写作。非常幸运，在这座培养了无数作家的文学重镇的旧书市场，我"遇到"了仰慕已久的前辈作家孙犁先生。在不断搜集先生的旧书，不断阅读的过程中，我摇曳不定的文学思想终于尘埃落定。我找到了，最贴近我文字之路的精神之父，还有我迟到的书香爱情，一个痴迷阅读尤好藏书的"教书先生"。

　　十年后，三十八岁，我的诗歌、散文、文史读书随笔各种文字，早就遍地生花。网络里有年轻人不停地追问："如何去实现自己的梦想？"我说："怀揣梦想，到什么时候都不要轻言放弃。相信自己，总有一种可能，有一条路，通往你想要的生活。"

　　人生四十，蓦然回首，我有三件宝：书、梦想和坚持。因为读书，让活着有了属于自己的态度和高度；因为梦想，我的写作之旅，四季轮回中，有了无数花谢花开的美丽风景；因为坚持，教书、读书、写作，过自己最渴望的生活，让那些嘲笑读书无用的人，看见相信爱读书照样能改变人生。

王文静

目录

第四辑　红楼书事

第七辑　文史小品

第八辑　读书以悦心灵

后记

第一辑　别人的风景

青瓦屋檐听雨声

冀中平原,乡村盛夏,多雷电,多暴雨,多泥泞不堪。

而我记忆的美好,是在青瓦屋檐下,廊前雨声里,和着书卷里的唐诗宋词、散文小品,平仄顿挫,美妙悠长;是融进父母亲的谆谆教诲、待人的宽厚善良,将青瓦屋檐下的雨声,囊括深藏于内心深处。

青葱少年,暑期七月,午后小睡片刻,喜欢捧一本书册,或唐诗宋词,或散文断章,偶尔看上两眼。闲坐在阶前,等午后的阵阵雷雨,轰隆隆,哗啦啦,急急地来,缓缓地去。

看庭前院内,红花绿叶,接受一场夏日洗礼;看雨溅水花,积聚溪流,蜿蜒顺势流走;看雨后的红蜻蜓、白蝴蝶双双上下翻飞。

雷电先行,骤雨初歇,阵雨尾声,只听得雨滴叩青瓦,顺着屋檐滴落,廊檐下最后的雨声,倒成了沐浴心灵的最美享受。

青瓦屋檐,雨帘似琴弦,先是急速哗哗啦啦,再是滴滴答答,最后叮叮咚咚,叩打青瓦,顺流而下,滴落檐下。

读书时节,父亲附和着母亲,总喜欢借雨讲"水滴石穿",一个"水滴石穿",引得我不停地去关注。青瓦屋檐下,石子水泥铺就的青苔地面,那一个个豆大的小小凹孔,就成了雨滴的杰作。

宋人书卷里说:"一日一钱,千日一千;绳锯木断,水滴石穿。"

文字里的经典,通俗地被母亲讲了一遍又一遍。从读书到教书,再到后来写作,夏日七月,青瓦屋檐,阵雨过后,如瀑,如帘,如琴弦。然后记忆的黄昏,总会出现那一道美丽的彩虹;记忆的夏夜,更有流萤闪闪,蛙声一片。

我奢望过,老去的父母能保存下故乡那座旧宅老屋,不卖不拆,留在那里,给我们漂泊在外的三姐妹,一个过年过节集聚回忆的落脚念想。

父母说,村里穷兄弟为房子分家打架,要么是兄,要么是弟,不是流落街头,就是借房暂住。老宅空置,不如让给没房子住的人家。

我的青瓦屋檐,坐听雨声的少年梦,在现实中坍塌破碎。那座老屋旧宅,已经属于他人,而人家要的不是老宅,只是地基。那家儿子要娶妻生子,新媳妇进门前,唯一条件就是,盖几间敞亮的新居大屋,才能张灯结彩,洞房花烛。

在异乡，在城市，高楼离天空越来越近，离地面却越来越远。没有了雨滴叩青瓦，雨帘似琴弦，没有了青瓦屋檐、夏日的雨，再没有飘逸的思绪、诗画的意境。

我非名人，也不用非要留下什么名人故居。有时候，紧张逼仄的文字写作之余，我只想回到冀中乡下，坐在曾经的青瓦屋檐下，听那滴答滴答的落雨声落在石子水泥青苔地面上，从黄昏到静夜，一路回溯，能寻找到我精神的故乡，以安放我那飘忽不定的异乡灵魂。

母亲说："老屋，其实也没得可留了，几年没人住，房檐上的青瓦都裂开了，怕是房顶都快要漏了。咱家的新房大院，宽宅大屋，一样是你们姐妹聚首拉家常的好地方。"

我想也是，逝者如斯夫，时光不可倒流。青瓦屋檐听雨声，就当它是心中一幅记忆有声画卷吧。恒久不变的，还是乡下父母的善心和教诲，这才是我回忆文字里不可坍塌的灵魂建筑。

借来的《红衣少女》

　　一本旧版《大众电影》老杂志从旧书摊上，花几块钱淘来，心境大好，时光顿时倒流。封面上，那个赵薇一样的女孩子，一下子让我回到少女时代。还有一本从初中老师那里借来的《红衣少女》。其实那本书，不叫《红衣少女》。《红衣少女》是小说改编成电影的名字，且小说因电影一举成名。它原来的名字叫《没有纽扣的红衬衫》，作者铁凝。

　　那时的铁凝，刚刚从下乡的农村调回保定，还是个刚刚崭露头角的"文学青荷"，家住在古城保定。铁凝那时在一家文学杂志社，好像叫《花山》，担任文字编辑，约稿、改稿，也写稿。

　　后来读汪曾祺，他有一篇《铁凝印象》，正好印证了我少年时，对铁凝想象中的模样："有时表现出有点像英格丽·褒曼的气质，天生的纯净和高雅。一张放大的照片，梳着蓬松的鬈发，很像费雯丽。"多年后，我更喜欢那双很灵动秀美的大眼睛。我不喜欢戴眼镜的作家，特别是女作家,幸好铁凝没戴。

1984 年,我和几个爱好文学写作的同学,在初中班主任的办公室里,我们老师在一本杂志上指给我们看,他心中的文学偶像铁凝。据说那时我们的年轻班主任,到了结婚的年龄,铁凝一直是他的"梦中情人",可他从没见过女作家本人。

班主任老师把从县城里买的一摞《十月》《小说月报》《收获》等文学期刊,从他常常锁着的书橱里,小心地抱出来,分给我们几个同学。其中有一期,他犹豫着舍不得给我们,犹豫着想拿回去。我分抢到的比别人少一本,央求着老师把他手里的那本《十月》也借给我看,并且发誓说:"我一定好好看,不折不撕不再借给别人看,看完后第一时间完璧归赵。"

"可是你说的哦,文静同学,这书里可有铁凝的那篇《红衣少女》。"

我拿回家,怎么翻也没找着《红衣少女》,倒是从作者铁凝对应的作品里找到了那篇《没有纽扣的红衬衫》。

或许是性格使然,我并不太喜欢书里的少女安然。我喜欢安然的姐姐安静,喜欢她身上的书卷味儿,喜欢她对妹妹安然的理解,喜欢她们姐们的心灵相通,特别是她送给安然的那件没有纽扣的红衬衫。那样的红衬衫,我也渴望拥有。只是,我的姐姐和我同读初中一年级,也是安然那样的假小子性格,怎么会有安然姐姐的书卷气质?

　　我想象中的铁凝，也应该更接近安然姐姐安静的气质——沉稳，安静，书卷气极浓。多年以后，为了我的文字梦，也为了寻找红衣少女生活的地方，我来到古城保定，渴望遇着安然模样的红衣少女，更渴望遇到我心目中安然姐姐气质的作家铁凝。可惜那时，铁凝早就离开了保定。旺盛的保定文学现象，也渐渐荒芜。

　　我曾四处寻找当年铁凝到过的地方，比如那座古莲花池，据说那是铁凝拜徐光耀为师的地方。那里的竹林、长廊、假山、小桥流水、映日荷花，我都曾留过影，可我不知道哪里有铁凝的少女足痕。

　　我也曾经向和徐光耀最要好的作家韩映山的长子，细细追问过。韩家长子不无遗憾地说："时过境迁，徐光耀当年工作和住过的那间'小虎穴'，难寻踪迹。铁凝、徐光耀、韩映山还有漫画家韩羽，待过的地方，不受重视，没人保护，不得不说是个遗憾。"

　　但是，藏在我的初中班主任书橱里的《十月》杂志，杂志里的《没有纽扣的红衬衫》，文字背后的铁凝模样，一直雕刻在我的记忆里。

那年,遇见汪国真

从博客上,我看到新疆书生才子毕亮关于一本书的记忆。相同的年纪,不同的地域,我们与书、与诗歌、与年轻的诗人汪国真,遇见。才子是无意,我是有人赠,同样平生第一次读现代诗集。上苍安排,我们跟写成诗的文字,见了面,结了缘。于是乎,不容置疑地,我们改变了生命轨迹,跟书、跟文字,难舍难弃。

十六七岁,我是一个从乡下去县城求知求学的农家女孩。在去县城前,我从没接触过现代诗歌,最多也不过从姐姐的高中课本上,看过徐志摩的《再别康桥》和艾青的《大堰河我的保姆》一类。那些载入课本的诗歌,美是美,但总觉得有些高出自己的理解程度。

那时候,老县城电影院的对过,邮局外面的橱窗,挂满了各种期刊。有一天,我用自己口袋里省吃俭用的零钱,大概也就四五块钱,买了一本《星星》、一本《诗刊》、一本《小小说》。直到现在我都还记得,书里有个诗人叫邹静之;还有一个邹荻帆,他写的诗,那叫一个美。

如今,翻阅报刊,我偶尔看见介绍邹静之的文字。书里说已经是大牌编剧的他,牛得不得了,老有导演拎着成麻袋的人民币,往他家买赶拍的电视剧本。谁不知道,

"编剧"一栏凡署邹静之的片子,总能保证电视剧的超高收视率。可是邹大编剧,却总想逃离,逃到他一门心思写诗的旧时光里。可那白头可鉴的老人,怎么可能再回到曾经文艺疯狂的年代?

心血来潮时,我还是会翻出当年的《星星》《诗刊》,翻出老诗人的旧诗,细细读赏。诗人的旧时光里,种下了我太多的青春梦想。

每个周末,我都会骑着那辆别人淘汰下来的破凤凰二八,吱扭吱扭地从老家赶回老县城。我把爹妈给的饭菜钱,余出一小部分,交给报刊橱窗里面的邮局服务员,买下一两本《星星》或《诗刊》或《小小说》,小心地装进书包,喜滋滋地赶回学校。从穿着上,我还是那个土里土气,来县城求学的乡下姑娘,可是我心里,开始向往更美的风景。

课余,我疯狂地爱上写诗,书上、本上、课桌上。看见星星写星星,看见月亮写月亮,小草、小花、蝴蝶、露珠,还有藏在心里的小秘密,某种突然伤感的小情绪,某种灵感造访的"无题"。一首接着一首,写了就写了,藏起来的很少,谁爱看谁看,撕掉、扔掉的也不少。有人就拿去给校刊校报,然后,有人大老远,指着我说:"瞧,她就是校报上写诗的那个女生,文采不错。"我突然就有了一种自豪感。

有一天,班里有个男孩儿,悄悄地塞给我一本写下他姓名的新诗集。扉页上,他以素描的形式画了我的侧面剪影。我暗暗喜欢得不得了,还有画剪影的那个青涩男生。当然,那种喜欢只停留在诗歌里。再后来,彼此分离,没了消息。多年以后,再看那侧影肖像,发现竟然是用我写诗的笔名,变形后勾勒,将其深埋潜藏其中。

十几年后,我独自闯进城市,漂泊,挣扎,结婚,生孩子,离开自己喜欢的教师岗位,全职顾家、读书、写字。偶尔看到一个叫新疆玫瑰的知名写手的博客,还有他博客的那两首早就熟识的"汪国真"。

一瞬间,有关青春少年,有关文学诗歌,那些与"汪国真"有关的记忆画面,就像录像机里的旧卡带,突然快速倒叙,而后戛然停止,然后缓缓播放。被激活的旧日故事,故事里的人物、情景,在消逝的云烟里,亦梦亦幻。沧桑的是容颜,不改的是那份对文学的执着。

洞庭衡岳间的那个少年

时间又到了六月高考时。记得当年，也是这个季节，离高考还有一年时，我辍学回家，把高考看得风轻云淡，自觉心中有诗书，何惧一文凭。文艺鼎盛的年代，我也曾妄想凭借一支生花妙笔，在世间驰骋。

不顾亲戚、师友的一味阻拦，任凭谁，哪怕有三寸不烂之舌，也没撼动我辍学的理由和不想走高考独木桥的决心，当然还有藏在心底的，不与人诉说的秘密。没有了情趣相投的他，教室变得乏味空洞，那些只赚分数的数理化，了无生趣。

十七八岁的青春季，我和班上一个男孩，情趣相投，诗书画、文艺范畴，相谈甚欢，彼此忘了性别，课余间总想一起聊。一个话题，十分钟，意犹未尽，兴味盎然。

他读苏东坡，释解苏东坡，不输讲台上的语文教师。从苏东坡的逸闻趣事到贬职流放，从东坡的父亲讲到他的弟弟、儿子，再到东坡肉。朗读苏东坡的词时，仿佛他就是苏东坡，在怀想赤壁边上的周公瑾："小乔初嫁了，雄姿英发，羽扇纶巾，谈笑间，樯橹灰飞烟灭。"

他酷爱黄山松，自诩自喻他就是黄山顶上的一棵松。兴趣正浓时，他在所有的课本、作业本，凡是姓名的边上,括弧中间写上笔名"黄山松"。他说,他更喜欢写黄山松、画黄山松的大画家丰子恺,还能模仿小画几笔"丰氏漫画",带着"丰式"诗词风格,在漫画左边角只署"黄山松"的笔名。

突然有一天,他来告别,说要去湖南洞庭衡岳间的衡阳读一所卫生学校。那时候,卫生学校全面放开,招自费生,那里有他家一个姑姑,所有手续基本办妥。他说,将来某一天,或者学鲁迅那样,弃医学文,也或者做不了鲁迅,就死心塌地做一个救死扶伤的医生。

说那话的时候,我笑着嘲讽揶揄他:"这哪儿还是那个遥想公瑾当年的'苏东坡'。哼,'黄山松'!是不是要去做洞庭湖里一条鱼?"他说:"'衡阳雁去无留意',再怎么说,我的故乡在河北,我还会回来。"

仿佛一夜间,有种依依难舍的情愫,在心的土壤,成长发芽。冀中小城,洞庭衡岳,黄河以北,长江以南,从此分别,咫尺天涯。在那年芒夏,校园的林荫路上,只身一人,心情有些惆怅,甚至莫名沮丧。

再无心思,去找另一个情趣相投的伙伴,无论同性异性,索性自己躲起来,躲进属于自己的文艺小室,天和地之间,或小说,或诗歌,或绘画,或古今,或中外,让心灵排解没有他以后,没有相谈甚欢的心有灵犀的畅快和自由。

偶有云中锦书,衡岳来鸿,书简文字。我们也谈文艺,或小说,或诗歌,或绘画,只是少了面对面,目光里的,属于青春少年时节的意趣风发、痴狂模样。文字再多,也只停留在纸上,字里行间无法表现他随性迸发,侃侃而谈,横生妙趣。

在十七岁的夏天,我独自决定,继续做文艺青年。我固执地想坚持,自己和他的小说、诗歌、绘画等一些文艺路上的痴狂梦想。我不是苏东坡,不是鲁迅,不是丰子恺,也不是黄山顶上的那棵松,我要做我自己,读书、写字,或者绘画,十年二十年,甚至一辈子。

又到高考时,我突然就想起,离开学校后,彼此间,慢慢地再无消息的,洞庭衡岳间的那个学医少年。

穿过记忆的小巷

九月的记忆，是一条小巷，绵远，悠长，青春，难忘，没有喧闹车马，没有烦扰市井，从此端到彼端，我情愿羽化成蝶，翩然飞回二十年前。

此端，我已是中年妇女，停落在城市边上，辞职，居家，为人妻，为人母。我一边读书写作，一边照顾我晚生的两个女儿：大妞和小妞。用写作的稿酬，我和教书的爱人，共撑起爱的天空。

书，读来读往；字，写前写后。买菜做饭，吃喝拉撒睡，劳累暂歇之时，我常常念旧忆往：或坐在书桌案头闭目小憩；或停在幼儿园门外等候我放学的两个公主；或在人车罕至的街头巷尾，从此端眺望彼端，庄生晓梦，一柱一弦，把秋水望穿。

彼端，秋日九月，暑气渐消，天气怡爽。十八九岁的好年华，齐眉短发，白衬衫蓝牛仔裤，一双廉价白色运动鞋，素装素颜，就那样在早上或午后，迈出旧宅老屋的黑漆大门，或急或缓，行走在旧日老街上、河边树下，一路行至村小学校园、办公室、教室。

中午或傍晚，再从村小学的教师办公室离开，腋窝下夹一本书，口袋里装支笔。书，或教案，或小说，或散文,或诗歌,时不时地,在学生们的强烈建议下,多夹一本郑渊洁的《皮皮鲁和鲁西西》。琼瑶、三毛、汪国真的归自己,郑渊洁的讲给孩子们听。

有时,性情突变。和班里一帮十来岁的学龄小孩,用白粉笔在校园门口画道横线,赛跑,看谁先跑到村中央的大柳树底下。戴眼镜的小班长大喊一声:"预备,跑!"十几个小孩子,前前后后,和他们的代课老师,气喘吁吁地一边跑一边彼此喊:"老师,加油!同学,加油!"

一路上,我们这举动惊得行人纷纷回头张望。小学校长哭笑不得:"你这个丫头,看起来文文静静,咋还改不了学生样?"

我也不记得是哪个小孩先跑到村中央的大柳树底下。但那个戴眼镜的小班长,一直记得他小学一年级的代课老师。如今他已经过奋斗成为青年才俊,成为国内某知名家用电器上海地区销售部门的总经理。

他在博客上,一篇回忆文字中写道:"我的小学启蒙老师,名字叫王文静","常常想起那时候的快乐时光","那时的小伙伴们,如今都在哪里,何时能重聚,何时能见到儿时的王老师?"

九月,小巷尽头,旧宅老屋,旧日老街,河边柳下,蝉声阵阵。一群学龄儿童,追逐着他们年轻的代课教师,疯跑,呼叫。

转瞬之间,他们长大,有的像鸟儿一样,离开村庄,经商、入伍、从政、做教师、做职员；有的，没有离开村庄，守着家乡的那片田园，种地、养鸡、养猪、做点小生意、打点零工。同样的恋爱结婚生子，现世安稳。

　　九月，记忆像一条小巷。小巷的彼端，有一个十八九岁的乡村代课女教师，和四十五个学龄儿童，度过了最快乐的青春岁月。

赌茶聊书气自华

同样的爱读书，瘾头相当，一本好书买到手中，不管古典还是新著，胜过华美衣裳，夫妻争着抢着一睹书中所言之事。

沏一杯好茶，搁在书桌上。晚八点，是我和先生的幸福时光，拒绝电视，忘记肥皂剧的冗长；关掉电脑，减少半小时的辐射危害；暂时放下纸和笔，清空白天工作中的所有繁杂劳累。对着桌上的绿茶一杯，玩一回赌茶游戏，规则是聊一聊书架上，某一本书的文章和内容，某一句诗词的出处和作者，谁输谁续茶。这颇有些李易安与夫君赵明诚的"赌书消得泼茶香"的幸福滋味。

两个学中文的教书先生平时生活粗茶淡饭衣着朴素，唯喜欢跟各种书籍零距离接触，读些诗词歌赋，也读些哲学、历史、科学方面的杂书，经常收集古今中外的各类经典名著。我们只要逛进书店，但凡打开一本心仪的好书，粗略地一读，感觉着实精彩，不管那书的标价有多高，一个字：买。即使食无肉香，住没宽宅，只要狭窄的书房里又多了本随手捧读的新书，脑袋里就只剩下两个字：满足。或许这就是古书中所说的"书中自有黄金屋"的确切含义。

假日里淘来的那些书宝贝中，经史哲是先生最爱的天地，尼采、叔本华、老庄、司马迁……一投入到这些文字之中，先生眼镜后面的那双眼就不再离开。睡前一本《诗经》，睡醒以后一本小说史，钻进文字构筑的人类智慧的书页中，很难有什么杂事可以惊扰他。

　　文学书籍是我的至爱，诗歌、散文、小说，无论是大家名著，还是文学新人的无名之作，只要喜欢，我就不再挪动脚步，手捧着散发着墨香的心爱之物，一看就是假日的整个下午。

　　直到太阳预告时间的流逝，先生感觉肚子咕噜咕噜地抗议，两个人才从文字中抽出身来。先生帮忙，我主勺，说说笑笑烹制出一桌可口的饭菜，伴着意犹未尽的书香，边吃边谈。

　　晚饭后，散步回来，想起白天读到的李清照写的《金石录后序》，我拉先生坐下，也玩一回赌茶猜书的游戏。渐渐地就从猜书到听他聊书，聊尼采的《查拉图斯特拉如是说》、叔本华的生命意志论，然后是老子的"道可道，非常道"、庄子的"子非我，安知我不知鱼之乐"，听得我俨然成了他的学生。我自然不如他，唯有向他背诵李清照的"知否，知否，应是绿肥红瘦"。

　　"腹有诗书气自华。"在与先生无数次的"赌茶聊书"的游戏之后，自己笔下的文字功夫日渐提高，大有厚积薄发之势。一篇千字小文，一气呵成，绣手绘就。我的手写体文稿经先生认真改过之后，准成报纸副刊一角的"豆腐块"。我高兴，先生也高兴，因为又有一桌好酒好菜的饭钱了，或是又有可以揣着人民币逛回书店的理由了。

淡茶一杯邀老庄，月下闲情吟李白。新婚宴尔，文字夫妻，书乃是快乐之源，学识更是幸福之本。

你是人间四月天

妞妞，在这个四月，你的降临是我整个人生最幸福的时刻。四月的天，寒冷里有春暖，春暖中有花香，花香里有蜜甜。窗外，四月的雨，细细地点染润泽每朵迎春花瓣。四月的芬芳里，爸爸陪妈妈来到医院，爸爸和二姨焦急地守候在手术室外，盼着你用人间最响亮的啼哭带来春天最幸福的消息。

妞妞，亲爱的宝贝，在走进妇产医院手术室的那一刻，我还在不停地问自己："真的要做妈妈了吗？我的宝贝是男孩还是女孩？她(他)有多大，多重？长得啥模样？是像爸爸还是像妈妈呢？"躺在手术床上，我把自己和肚子里的宝宝，完全交给医生，心中默默地祈祷："只要我的孩子平平安安地降生，一切疼痛和恐惧我都不在乎。"

手术中，妈妈很快进入药物麻醉意识中，没有疼痛，没有恐惧，所有的知觉只留给你："我的孩子，不管怎样，妈妈只希望你平平安安地来到人间！让你的爸爸亲手抱你在怀里，第一时刻体会做一个父亲的乐趣。然后再以最快的时间给你的爷爷奶奶报喜。"

躺在病床上，苏醒后竟有些怀疑，我真的是一个小女孩儿的妈妈了？双手不知不觉地又去触碰那曾经高高隆起的肚皮，却只有还在隐隐作痛的刀口。此时此刻我才真真地体会到，只有这种疼痛才是生命中最幸福快乐的感觉，因为你从那里降临人间。亲爱的女儿，你是否知道，在妈妈做完彩超得知你脐带绕颈一周后，就将所有的恐惧害怕抛向了九霄云外，立即配合医生进入剖腹产的手术准备中⋯⋯

朦胧的睡梦中，所有的梦境都是你，我的女儿，你的模样，你的笑容，你牙牙学语、蹒跚学步，你未来成长的每一天⋯⋯有了你，妈妈才明白你的爷爷、奶奶、姥姥、姥爷在知道我们住院的消息后，为什么那样迫切，恨不能一下子来到我们身边；有了你，妈妈才真正地懂得姥姥说的那句话："只有做了妈妈你才知道，什么是做女人的最大幸福。"

亲爱的女儿，当我听到手机那端，你乡下的爷爷听到你出生的消息，对你爸爸大声说："女孩，女孩好哇！女孩最知道心疼爹娘，我们高兴还来不及呢！放心吧，她奶奶早就坐上车去了。"尽管妈妈全身疲惫，依然深深感觉到了来自亲人的关爱。

小宝贝，看着小小的你那粉嘟嘟的脸儿，听着你均匀的呼吸，爸爸说："你肯定是上天送给我们的礼物，因为有了你，我们的婚姻和家庭才更加幸福完美。"我的女儿，你可还记得？隔着妈妈的肚皮，爸爸为你朗诵才女林徽因的那首诗歌：

我说你是人间的四月天；

笑响点亮了四面风；

轻灵在春的光艳中交舞着变。

你是四月早天里的云烟，

黄昏吹着风的软，

星子在无意中闪，

细雨点洒在花前。

那轻，那娉婷，你是，

鲜妍百花的冠冕你戴着，

你是天真，庄严，

你是夜夜的月圆。

雪化后那片鹅黄，你像；

新鲜初放芽的绿，你是；

柔嫩喜悦，水光浮动着你梦期待中的白莲。

你是一树一树的花开，是燕在梁间呢喃，

——你是爱，是暖，是希望，

你是人间四月天！

亲爱的宝贝，你，就是爸爸妈妈的人间四月天！

躲在文字背后

女作家亦舒的小说中有一句话:"永远不要和任何人攀比衣服和首饰的价格,不要攀比生活的富有。记住真正拥有一切的人,是永远不会攀比不会炫耀的。"这句话是我家先生从一本杂志上替我选摘下来的。他说:"记住,永远做我最初认识的那个低调的女子,无论你的名字在报纸杂志出现过多少次,我还是最喜欢你含羞带笑、淡泊静默的样子。"

我懂得先生话中的内容,好好地读书,努力地写作,快乐地过属于自己的生活,失败时不要气馁,不要抱怨,相信努力总有回报。

"永远不要和人家攀比,不要炫耀",每个人都有每个人的幸福标准。即使在写作上有了小小的成功和名气,也不要自以为是,不要因为某些身外之物而沾沾自喜,不要被文字以外的负累所牵绊。"人贵有自知之明",经常丈量一下自己跟一些文学名家的思想水平、文字差距,然后脚踏实地,继续埋头前行,努力,努力,后面还是努力。一个真正的文字创作者,靠的不是别人记住你的名字,而是使读者记住你的作品、文字,或者你的文字能给予读者某些有意义的东西。

有时坐在电脑前，大脑一片空白，码出的文字干涩无趣，连自己读着都有些麻木乏味。被先生知道后，他不由分说就拉我离开，关上电脑，走出屋子，然后一边陪我散步一边劝慰我："我不希望你为了名利而写，为了拿到更多的稿费而绞尽脑汁，如果那样，我宁愿咱们的日子像从前那样，用我一个人的工资生活。贫穷不怕，最怕你失去一种叫'宁静致远'的内在品质。我喜欢你的文字中透出的心平气和、温馨快乐、智慧轻灵的纯净可贵。妻，一定要学会躲在文字背后，做个低调沉默的写作女子。"

记住先生的话，不管文字能不能变成铅字，只要在字里行间能看到一株开在心底的美丽馨香的花朵，能嗅到它独特的香气，怡人但不刺鼻，淡淡地能让人陶醉其中。做一个鲜花的使者，一个辛勤的园丁，躲藏在文字背后，快乐地过自己的生活。

这个物欲横流的浮躁年代，保持住一颗淡泊谦卑的平常心不容易，无论是写作还是人间烟火，过自己的一种简单朴实的生活最是难得。唯有做到心境平和，那才是一种境界。

别人的风景

　　回乡过年,同村的儿时女伴来家里串门,坐下一聊就是大半天。其间她说了一句令我吃惊不小的话,女伴反复不迭地唉声叹气:"你知道我是多么羡慕你吗,嫁一个相互喜欢的男人,做自己喜欢做的事。"

　　恍然我才知道,我羡慕得不得了的儿时女伴,原来还有这等心思。她长相漂亮,家世也好,是村里小伙子们娶妻的首选。一到谈婚论嫁的年龄,她就顺理成章地被村里富裕人家相中,然后风风光光地做了人家的媳妇。

　　每次回乡,我都会看见她的风光和富足。想想自己在城市的漂泊生活,为了有一个蜗居,为了一份工作,为了讨要拖欠了几个月的稿费,我常常打心底里羡慕嫁到同村的她,有钱花,有房住,有车坐,平时打打牌、串串门,悠闲自得,过着相夫教子的乡村生活。

　　总以为,自己的日子太累太苦太不如意,常常有一种要逃回乡下的渴望。就像她,我的乡村女伴,去过一种无忧无愁的田园生活,忘记城市的喧嚣,忘掉太多的功利浮躁,摆脱每晚计划要写的文章、不断被催的稿件,躲回乡下,管它蹭长的房价,管它压得透不过气来的买房贷款,过一种平淡无忧、与世无争的生活。

回头看，一路艰辛，一路奔波。假如当初不是毅然决然，而是乖乖地听从父母的话，乖乖地听媒婆的巧舌牵线，那么今天的我，就不会像现在这样：在这座小城里费尽心血地打拼。也许我也会像我的女友一样，找个门当户对的乡下小伙子嫁了，在爹娘的眼皮子底下，过着平淡如水、波澜不惊的生活，生儿育女，日升日落，孩子男人热炕头。

我在城市漂泊时间一长，和常年异地教书的爱人分别的日子久了，风风雨雨、受苦受累的寂寞孤单的日子里，就幻想着乡下的岁月。想着如果嫁给和爹妈鸡犬相闻的一个村，我和孩子肯定会得到父母、叔伯、族亲的悉心呵护。爹妈吃碗饺子都得想着自己的闺女丫头，那是一幅多么幸福的画面啊！就不会像今天这样整天劳碌奔波。可是，万万没想到今天听到的却是女伴的一句肺腑之言："嗨！其实我特别羡慕你。"

她羡慕我的漂泊，因为我的脚步到过她从来没有到过的地方，读过那么多书，认识那么多的人；她羡慕我的婚恋，因为她从来没有享受过自由恋爱的滋味，从来没有听男人说过脸红心跳的那三个字，更没有和男人手拉着手走在大街上的幸福；她羡慕我有自己的事业和生活，除了家庭，还有属于自己的精神世界——读书、写作。而她呢，是别人的老婆，孩子的母亲，其余什么都不是。

从乡下回城，我突然明白：我们当初的人生选择，已

第一辑　别人的风景

经注定了现在的生活并且很难再去过与之相反的生活。这就像诗人卞之琳的《断章》中，那句经典的诗："你站在桥上看风景，看风景的人在楼上看你。"其实，人活在世上，你羡慕欣赏别人的风景，同样，别人也在羡慕地看着你。

第二辑　小书大家

文字烟尘中的寂寞坚守

——释读杨绛

"此间百凡如故，我仍留而君已去耳。行行生别离，去者不如留者神伤之甚也。"

这是诗人拜伦写给自己所爱的女子的一段话，被钱锺书先生翻译得生动典雅，用如此意远情旧的古体文字来释解陪伴钱先生走完一生的杨绛先生最合适不过。

钱氏夫妇是中国当代知识界的伉俪瑰宝，其学品人品高山仰止，仿佛无人匹敌。尽管锺书先生已经驾鹤西去，可那些褒贬"方鸿渐"的"围城迷"都还记得那个高智商、高学问的钱先生，并对依然健在的杨先生无不深深惦念。但凡读过杨先生写的那本名为《我们仨》的书的读者，都会被先生笔下描述的家庭生活感动得流下眼泪。

先后失去丈夫和女儿的将近百岁的杨绛先生，依然写作不停，工作不止。她说，家里的一切都保持着钱先生在世时的旧样。杨先生每天就坐在丈夫生前坐着的大写字台旁，忙着她人生未竟的工作。

众所周知，杨先生的丈夫钱锺书活着的时候，从来不见记者，不上报纸，也不上电视，甚至所谓的一些学术活动都不参加。钱先生去世后，杨绛先生的行为也如出一辙。先生只忙她分内的事，坚守着她和钱先生的文字

世界。这个世界里有一本《我们仨》，记录了一代顶级学术佳偶的前尘往事，和一本很难翻译的书，名字叫《斐多》。

在翻译《斐多》的时候，杨绛先生说："我这几年活过来就不容易。我为什么要翻译《斐多》呢？这是一本非常难翻译的书，我就是想把精力全部投入进去，忘了我自己。"忘了自己，其实是要忘掉作为锺书妻子的自己，忘掉作为钱瑗母亲的自己，忘不掉的是写书、译书、整理丈夫遗作的自己，这是她分内的角色，分内的工作。

即将百岁高龄的杨绛先生说："不想活得太长，因为活着实在很累。"那是因为相濡以沫、患难与共的锺书先生先她而去，她一生最好的作品钱瑗也走在她前面，人世间，只留下她一个白发满头的老太太孤影独对。她说："做女人肯定比做男人苦。我一直抱歉的是没有做好一个妈妈，妻子做得也不够好，女人做得也不够好。"可是当母亲和妻子的双重角色在失去了存在的意义后，她才感到活着实在很累。

可是作为翻译界的一代学者，她的成绩实在无人堪比。为了翻译《堂吉诃德》，杨绛先生1960年年初开始自学西班牙文，两年后开始翻译，1976年完成。十六年中国政局风云变幻,"文革"期间她受到了常人无法想象的苦难:无休止的陪斗,被剃成"阴阳头",大热天戴顶假发,闷热难挨,步行上班,任务是扫厕所。厕所被她打扫得一尘不染,连水箱的拉链都擦得干干净净,而且透气通风,没有臭气。可谁会想到就是这样一个扫厕所的竟是辉煌巨著《堂吉诃德》的中文译者。

在《我们仨》一书中,杨绛写道:"1997年早春,阿瑗去世。1998年岁末,锺书去世。我们三人就此失散了。就这么轻易地失散了。'世间好物不坚牢,彩云易散琉璃脆。'现在,只剩下了我一人。"

十二年的轮回,孤身只影的杨先生没有停下脚步,在寂寞孤单的世界一隅,在属于自己分内的文字烟尘中默默坚守。

杨绛笔下的陈衡哲

　　灯下闲读,读的是一向敬重的杨绛先生,照旧是她与钱先生等人的那些逸事,恬淡,幽默,柔中有韧,韧中有忍,尽露大才女的气质和雅量。书中记述了一些让杨先生怀念的人,其中最使杨先生想念的,是她的忘年之交——已故学者陈衡哲。

　　杨绛在回忆文字中,称羡陈衡哲"才子佳人兼在一身",是京城知识界的大角色。我一直认为,有大成就者,年轻时,必有大眼光,这话绝对有道理。我读过陈衡哲的早年自传,年长杨绛二十几岁的陈衡哲的确不俗,她奋斗不止的精神,给自己造命、不信宿命安排的人生观,把她造就成中国近代史上著名的有成就的女学者、女教授、女作家。这或许正是杨绛深植于内心,早就给自己定位了的人生规划。这目标在先生晚年时,达到了堪称完美极致的顶峰。

　　当年,陈衡哲"宁舍社会而专心于家庭"的母职主张,令她正当事业辉煌之际,却毅然辞去教授一职,从社会生活中抽身出去,做了一位全职母亲。她专心教育三个孩子,用自身的行动去实践拿破仑的那句名言——"推动摇篮的手即是推动世界的手"。而后来事实证明,她的抉择得到了印证和回报——任家的三个孩子,个个不逊于他们的母亲。

这样的学问才女、贤妻良母,就像忽然相逢的好朋友,所以杨绛和陈衡哲那段时间交往很密,无话不谈,互赠彼此的文字作品:陈衡哲赠给杨绛一册她的《小雨点》;而杨绛的两册剧本,一直在陈先生梳妆台上放着。两位贤妻良母、忘年交、惺惺相惜,聚餐、吃茶,说些不与外人道的小秘密。杨绛见面时称陈衡哲陈先生,写信称她莎菲先生,背后直呼她教授陈衡哲。

后来,杨绛先生成了陈先生家的常客。有一次杨绛到他们家,目睹了那一对人人公认的恩爱幸福的夫妻在家里淘气调皮的"突然反目"场景。原来,两口子正在争闹,陈先生把她瘦小的身躯撑成一个"大"字,两脚分得老远,两手左右撑开,挡在卧房门口,不让任先生进去。任先生做了几个"虎势",想从一边闯进去,都没成功。陈先生得胜,笑得很淘气;任先生是输家,也只管笑。而此时的杨绛未觉尴尬,倒觉得实在好玩。

谁又说这样好玩的事情不在钱家上演呢?只不过主演换了调皮痴顽的钱锺书和其独生女儿阿圆,在一旁宽宏悦纳,只管笑笑,而负责打扫战场的肯定是杨绛先生罢了。就像托尔斯泰老先生所言:幸福的家庭都是一样的。

新中国成立前,因为爱国爱家,两家人都毅然留了下来,迎接新中国的到来。然后,因为工作,他们上海北京,南北分离。杨绛和陈衡哲还经常通信,只是再不敢畅所欲言无话不谈了。众所周知的政治原因,还有陈先生严重的眼疾,使她双眼几乎失明,不能亲笔写信,只能由女儿代笔。再后来因为那场"文化浩劫",钱锺书和杨绛被下放,陈先生与杨先生彼此失了音讯。最后是1976年1月,杨先生从报上得知了陈先生已经离世的噩耗。

晚年,有人去拜访杨绛,在先生的床头,看到一本《任鸿隽陈衡哲家书》。看来,杨绛与陈衡哲两位先生的彼此欣赏和喜欢,尽管只有几个月的时间,却一生难忘。

讲台上那个"温而厉"的李先生

夜深，无眠，读一本《丰子恺新传》，行文无所谓精彩与深邃，更多是记住了丰子恺的恩师，当年浙江一师讲台上，那个"翩翩佳公子"的瘦削身影，那个被丰子恺称作"爸爸的教育"的专职音乐与绘画的艺术教师，讲台上的"温而厉"的李先生。

对于鼎鼎大名的李叔同先生，丰子恺的最初印象是："李先生的高高的瘦削的上半身穿着整洁的黑布马褂，露出在讲桌上。宽广得可以走马的前额，细长的凤眼，隆正的鼻梁，形成威严的表情。扁平而阔的嘴唇两端常有深涡，显示和蔼的表情。这副相貌，用'温而厉'三个字来描写，大概差不多了。"

正是这三个字，让丰子恺与李叔同结下一世"师生情缘"，正是先生的那种令人畏惧的威严，让丰子恺的人生志向改变了方向。更因为李先生超拔俗世的人格魅力，令丰子恺情愿一生追随。

讲台上的那个"温而厉"的李先生，当年正是他开创了一代艺术教育的先河：正是由于他的大力提倡，浙江一师才有了开天窗的图画教室，和坐落在校园花丛中拥有两架钢琴、五六十架风琴的音乐教室。有李先生的地方就有音乐,有李先生的地方就有绘画,正是有了"温而厉"的李先生,才有了后来一大群卓有建树的音乐、绘画大师,比如丰子恺,比如潘天寿,比如刘质平,等等。

在浙江一师,正是讲台上的那个瘦削的身影,让他疏远了曾经理想中的古文、数理化、外国文,从此醉心美术,埋头绘画,很快成为浙江一师绘画成绩佼佼者,而这些又被慧眼识珠的李先生看在眼里。有一天晚上,丰子恺到李叔同房里汇报学习情况。在汇报完毕正要退出时,先生用很轻很严肃的声音对他说了几句话:"你的画进步很快!我在南京和杭州两处教课,没有见过像你这样进步快速的人。你以后可以……"先生当晚说的话和先生个人的品格魅力确定了丰子恺的一生,正是从那天晚上开始,丰子恺打定主意专门学画,把一生奉献给艺术。

今天不管是看丰子恺的漫画作品,还是读他的《缘缘堂随笔》,画面和文字之中,总有一个瘦削的身影一直如影随形,他就是丰子恺的一世恩师。从浙江一师的李先生到得道高僧弘一法师,这位"温而厉"的李先生,用他的博学多能润泽造就了弟子丰子恺,不仅在音乐和绘画方面培养了他,对丰子恺的影响更在于思想情操和艺术的修养。他给予弟子的是一颗伟大的艺术家的心灵。

"士先器识而后文艺。"李叔同案头总放着的那册明代刘宗周著述的关于古来贤人嘉言懿行的《人谱》。先生在封面写的那"身体力行"四个字,在弟子丰子恺身上得到了继承和发扬。先生告诫弟子首重人格修养,次重文艺技术,要做一个好的艺术家,必先做一个好人,应使文艺以人传,不可人以文艺传。

最初我看丰子恺的漫画,后来读他的随笔散文,到最近读有关他的传记,被他的博爱和深广所感染。读了《丰子恺新传》以后才知道,原来,丰子恺和他的恩师一样,对天地间一切物事一视同仁,用一颗艺术家的心灵,对世间万物给予热诚的同情。我想这正是所有渴望学习艺术,情愿投身艺术,朝着艺术大师开始起步,开始艰辛跋涉的后辈青年们,首先要学习、学会的。

书信里的沧海往事

我家先生是淘书迷。2013 年他从旧书市场淘到一本缺了封面的赵清阁编的《沧海往事：中国现代著名作家书信集锦》。为照顾我家年幼小孩，我一直没有时间细读。2014 年冬天，孩子能四处走动，我也能稍稍抽出点时间，读些自己想读的书。赵清阁的这本书信集锦就成了首选。

我一直觉得读书信集，没必要非得从头至尾，按顺序、按常规一页一页地读，完全可以想读谁的信，一查目录，翻至所示页码，一阅了之。

《沧海往事：中国现代著名作家书信集锦》中吸引我的，是女人之间的书信往来。不过让我最动心的，倒不是

篇数最多的冰心写给赵清阁的那些，而是唯一的一封陆小曼的信。信写于 1947 年 4 月，很短："清阁，今夏酷热，甚于往年，常人都汗出如浆，我反关窗闭户，僵卧床中，气喘身热，汗如雨下，日夜无停时，真是苦不堪言……"

一封短之又短的信札，让我

瞬息不忍卒读。想起曾经读过的《陆小曼传记》,知道诗人徐志摩离世以后,小曼家门可罗雀,鲜有人问候诗人遗孀,即便关注,更多是谩骂、奚落、嘲讽她曾经的奢靡,以及与全盘照料她生活的翁瑞午的暧昧关系。而从旧时泥沼拯救出她的,应该首推赵清阁。

20世纪40年代,赵清阁从重庆返回上海时,经朋友介绍认识了徐志摩夫人陆小曼。后来她们交往渐多,感情日深。正是赵清阁不断规劝,陆小曼才戒掉吸食鸦片的嗜好,而再度振作开始写作和绘画的。病弱的陆小曼能顽强地走完后半生,也多亏有赵清阁的陪伴。

短短的信札,透露出陆小曼对赵清阁推心置腹的信赖,以及渴望向她倾诉的情愫。因为,这时还会有谁像赵清阁这样救她于水深火热之中呢?以至于陆小曼临终,还要托付赵清阁设法让她跟徐志摩合葬。而这,却成了赵清阁一生的憾事。

赵清阁的这本书信集锦收录了五十位作家写给赵先生的信。数冰心最多,六十一封;茅盾第二,有二十封;施蛰存有九封;苏雪林有七封;陆小曼和罗玉君各有一封;而老舍写给赵清阁的信仅有四封。老作家杜宣说过:"赵清阁生前把自己的大部分书、画及其他资料都捐献了,可是唯独烧毁了老舍先生给她的四十多封信。"

据说赵清阁最初抄录原信时,将抬头称谓和信末署名写为"清弟"和"舍"。史承钧先生在出版前,又对照原信改回,即最初的"珊""克",并在信旁加注:"据赵清阁先生说,'珊'和'克'是她据英国小说家勃朗特的《呼啸山庄》改编的剧本《此恨绵绵》中的两位主人公安苡珊和安克夫的简称,40年代至50年代,她和老舍在通信中常以此相互称呼。"

读《沧海往事》里前辈作家的书札,完全可以想象得出:过去的战乱年代,赵清阁,一个逃婚离家的旧时女子,在著书绘画的同时,还与当时活跃在文坛上众多的文人墨客,一起竭诚为中国的解放事业奉献自己的光和热,彼此之间也结下了深厚的友谊。

只是听说赵清阁1999年辞世,这本《集锦》还找不到出版社出版,直到上海大学的老舍研究专家史承钧教授,在她的原编材料上加了许多编注、补注,最后交给上海文艺出版社才得以出版。说起来,赵清阁先生于1996年底即已编竣此书,却至2006年10月才出版面世,这中间竟过去了十年时间。我真为这位前辈作家感到遗憾和委屈,更为当今文化面临诸多问题而"杞人忧天"。

有菊香,更有爱情

赵元任和李方桂是好朋友,也都是民国时期的语言学大家。二人早年留美读书,回国后均任职于"中央研究院"史语所;各自娶的夫人均为名门大家闺秀;成婚时,均由北大校长胡适做证婚人;抗战期间皆赴美任教,多次辗转于中美欧之间;最终在美国任教直到退休。两对夫妻都携手共度金婚。

在两位语言学大家夫人的自传里,互相提及。最最有意思的是,这两对堪称民国"神仙眷侣"的夫妻,他们的爱情故事,竟然都与菊花有关。

一盆大黄菊花

赵元任在与杨步伟确定了恋爱关系后,整日里除了给美国哲学家罗素当中文翻译,一心就想往杨步伟当医生的医院跑。有一阵,因为工作原因,十天半月的工夫,热恋中的男女没见面,只用电话互相问候。有一天晚上,赵元任得了空,匆匆忙忙跑来,恰碰上有急诊病人,慌乱中，赵元任把杨步伟的一盆大黄菊花一脚踢翻，连花盆也踩破了。赵元任给自己打圆场："男人不总要鲁莽一点才像吗？我赔你几十倍好了。"于是婚后一赔就是一辈子，每年杨步伟生日与两个人的结婚纪念日，杨步伟总能收到赵元任托花房送来的一大盆菊花。

一支蟹爪菊

李方桂和徐樱的第一次约会，在雨花台饭店，具体细节在书中写得清清楚楚："那时正是深秋，我穿了一件墨绿色法国花缎旗袍，黑丝绒大衣，襟上斜插一朵淡黄蟹爪菊花……这是我生平第一次那么紧张，直玩到深夜回家，我才发现襟上的菊花不知何时丢掉了。"

洞房之夜，李方桂给徐樱的礼物，是一枝压扁了的菊花，正是初次相逢时，徐樱襟上佩戴又掉在地上的那朵。原来，方桂从那时起，就认定了这个人，虽然口头上极不善于表达，但情真意切，故而两人可以历经波折修成正果，这段婚姻也可以风平浪静地度过了五十五年。方桂过世当天，恰是他们的结婚纪念日，徐樱写下这样一句话："欣逢三秋后，情钟一菊缘。"

惊诧那时的爱情，小异大同。

书魅文丛（第二辑）·小书大家

医院里的一盆盛开的大黄菊花也好,襟上遗落的那支素雅的蟹爪菊也罢。杨步伟、徐樱彼此为了自己的知遇爱情,躲在语言学教授背后,甘愿做家庭主妇,照顾一家老小的衣食住行。在主妇之余,她们也不甘寂寞,提起笔来,写菜谱,写自传,为后世读者留下一笔不小的精神财富。

两处菊香,一样爱情。

心灵的宝贝

元旦以后,重新翻阅那些任凭时光怎么淘洗也不曾减退它们华彩的经典旧书,让它们重新回到我的阅读视野。重新让我着魔的一本,是曹禺先生的《雷雨》。

一日三餐的平淡,肉体凡胎的新陈代谢,天经地义谁也无法改变,能改变的只有不断适时地擦亮自己蒙尘的思想,不断地提高自己的欣赏能力。对于这个繁杂的、日益向前发展的社会,它的过去、现在和将来,以及这个世界中的每一个不懈奋争苦斗的生命个体,他们性情中的真与善,爱情的苦与乐,命运中的悲与喜,如果我们能从一部仅四幕的紧张激烈的话剧情节描写中了解人生些许含义,在我们的心灵被打动,感情起伏跌宕的同时,我们的精神世界就会倍感充实和丰盈。

1933 年,清华大学二十三岁的青年学子万家宝根本想不到他的《雷雨》竟然深深震动了一个人。北平三座门大街十四号南屋,靳以把一部数百页的书稿交给巴金。在南屋客厅旁那间用蓝纸糊壁的阴暗小屋里,巴金一口气读完原稿。一出人生的大悲剧在先生眼前展开。这种感觉是从靳以手里接过手稿时不曾料到的。巴金先生由衷地佩服这个二十三岁的年轻人,不能不赞叹他的大才

华。此后《文学季刊》破例全文刊载了《雷雨》,《雷雨》很快震动了文坛。六十年后,巴金谈到他初读《雷雨》时的感受:

"我被深深地震动了!就像从前看托尔斯泰的《复活》一样,剧本抓住了我的灵魂,我为它落了泪。我曾这样描述过我当时的心情:'不错,我流过泪,但是落泪以后我感到一阵舒畅,而且我还感到一种渴望,一种力量在身内产生了,我想做一件事情,一件帮助人的事情,我想找个机会不自私地献出我的精力。《雷雨》是这样地感动过我。'"

元月初的一个冬夜,我拥着暖被,捧着曹禺先生的这本《雷雨》就着床头的小灯,一口气重新读完这幕人生的大悲剧。曹禺以极端的雷雨般狂飙恣肆的笔,触及了命运给予人最残忍的作弄、压抑、愤懑、紧张、恐怖、爆发、毁灭。专制伪善的周朴园,被情爱烧得狂魔样的繁漪,痛悔着罪孽着却又不自知地犯下更大罪孽的周萍,热情单纯爱上爱情的周冲;家族的,身世的,儿女、父母、兄妹间的大秘密,一切的一切尽在一个雷雨夜爆发。有罪的、无辜的人一起走向必然的毁灭。

七十年后,尽管无数黄金时段的电视剧轮番登场,可是已经很难再出现像《雷雨》这般的旷世经典剧,一切粗制滥造的无聊电视剧已经迫使许多像我一样的观众，不得不将电视机休眠。常常慨叹如今有几个年轻人知道话剧界顶级的大师曹禺先生，又有多少人知晓当年写成《雷雨》剧本时作者只有二十三岁。

鲁迅先生早就说过："悲剧是将人生的有价值的东西毁灭给人们看。"曹禺用他的悲剧力量将笔下各类人物内心隐藏的刹那间幻出的那份真诚、热情、爱恋、憧憬，心灵之中最美好的宝贝，在电闪雷鸣、雨骤风狂的雷雨夜一一展现之后，无情地将其毁灭，因为一切美好的东西在伪善、懦弱、罪孽的疯狂席卷下，悲剧的结果在所难免。人们看到的是被扭曲的灵魂。扭曲的灵魂被毁灭了，而他们心中那美好的东西却经久地留下来，这就是经典的力量。

曹禺先生用他那充满激情的优美台词，写出了他心中的爱和痛苦，从他心底深处流淌出来的，有他的爱、他的恨、他的眼泪、他灵魂的呼号，他用真实感情将他心灵中的无价瑰宝掏给他的读者、他的观众。

救赎灵魂的诗哲

"我的欲望很多,我的哭泣也很可怜,但你总是用坚决的拒绝来拯救我,这种强烈的慈悲已经彻底吹进了我的生命……你时时刻刻拒绝我,把我从软弱动摇中拯救出来。"

重读印度诗圣泰戈尔写的《吉檀迦利》中的这段诗句,犹如芒刺锥过一般。疼过以后,心灵中的疮口化脓处释放出许多霉变的水质感染物,随之排出体外,顿时身体轻松了许多。伤口尽管没有痊愈,但是也不至于将欲望的某些病症扩散蔓延。

感谢上苍赐予世界一位灵魂的歌者,一位诗坛的圣哲。百年来,泰戈尔的《吉檀迦利》到底拯救过多少迷失在欲望之谷的受伤灵魂? 我不知道。但是我知道在这个世界的每个角落,凡是有缪斯驻足的处所,都有泰戈尔诗歌的追随者,无数被洗涤被净化的灵魂。

1913 年,泰戈尔凭借其著名长诗《吉檀迦利》荣获了诺贝尔文学奖。得奖评语这样写道:"由

于他那至为敏锐、清新与优美的诗;这诗出之以高超的技巧,并由他自己用英文表达出来,使他那充满诗意的思想业已成为西方文学的一部分。"

诺贝尔文学奖百年后的今天,某些晨醒时刻,想起昨晚梦中的美好景象,比如宽敞的住房,比如豪华的家居,比如时尚的华美服装……《吉檀迦利》让一切都化为早晨第一缕射进窗户的阳光。

拒绝欲望,特别是那些不着边际的物质奢华,用坚定的拒绝来拯救自己,就像另一位诗人叶芝所说:"每天读泰戈尔的一行诗,就可以让你忘却人间的一切烦恼。"诗人用他来源于生活的诗歌拯救了自己,也拯救了一代又一代喜欢诗歌的读者。他是一个真正的圣贤,他又是一个普通的歌者,他被我们仰视,他又仿佛就在我们身边。

他也是一个普通人,有着普通人的喜怒哀乐、爱情和婚姻、苦难和信仰。他的妻子不漂亮,与他志趣不相投,没多少文化,但是泰戈尔却爱了她一生。他用完美的诗歌语言深深地赞美着她的朴实勤劳和对自己的爱。

年轻时,第一次感情失败时,文学友人赠我一本《吉檀迦利》。我曾经读着他的诗歌躲在一个无人的角落里大哭一场,然后在他的诗歌氛围中擦掉眼泪拯救委顿的自己。就是这样读着泰戈尔,读着他的《吉檀迦利》中的诗句在青春的道路上且歌且成长。

今天重读《吉檀迦利》，我从诗歌中感受诗人将巨大的不幸转化为不朽的拯救之心路历程，感觉他神明一样的精神力量。他那些神奇、失意时仍慈悲为怀的诗句，不知不觉中，就能给予我们向上的力量。在我们因忧愁、烦躁和失意而干渴时，他会为我们送来甘泉雨露，滋润我们枯竭的心灵；当命运让我们绝望时，他会点燃自己的生命之火照亮我们，一直到我们有了继续坚强生活下去的勇气。

重读《傅雷家书》

"先做人,再做艺术家,最后做钢琴家",这是文学翻译家傅雷对儿子傅聪的谆谆教诲。一个文学翻译家父亲、艺术大师父亲,他对子女的教育绝对远远高于一个普通的父亲对子女的教育。

傅聪,傅雷的长子,三四岁时就表现出对古典音乐的异常狂热。于是傅雷依其性格启发其潜能,让傅聪在七岁半时正式学琴,同时不忘对儿子加强中国传统文化的熏陶。儿时父亲对他的教诲在傅聪日后的演奏中得以显现,琴键上流淌出的丰富人文色彩,深刻的内省力、诠释力,都会让人想到儿子背后的那位有着深厚音乐鉴赏力的严厉而伟大的父亲。

傅聪二十岁离开傅雷夫妇前往波兰求学,从此以后,家书成为父子心灵交流的纽带,而音乐则是他们共同的语言。他们爱音乐,爱祖国,爱光明。封封家书,通篇贯穿着一位父亲浓郁而深沉的爱。家书在1981年被辑录出版,名为《傅雷家书》。

今天,当我们重新捧读这本《傅雷家书》时,每读一页,都能感觉到一个伟大慈爱的父亲,那力透纸背的谆谆父爱。作为父亲,他把自己灵魂深处的至真至纯、至深至爱的细节末梢如涓涓细流注入对子女的点点滴滴的教育中,且是那样入情入理,情真意切。

尽管书中的小孩子傅聪早已渐行渐远,成了父亲的骄傲——一个性格独特、博学多才、愤世嫉俗的世界著名钢琴家。被称为"钢琴诗人"的傅聪的黑白琴声上,总能流淌出一种纯净、质朴以及神幻般的古典音域美;而作为儿子傅聪,他丰富的中国传统文化与渊博的学识,无不得益于父亲的言传身教。甚至他性格中的双重性——叛逆和顺从、细腻和粗犷、正直与宽容、诗情与悲壮同样遗传了翻译家傅雷血液中的孤傲成分。"赤子便是不知道孤独的。赤子孤独了,会创造一个世界,创造许多心灵的朋友!"傅雷对儿子说过,"孩子你永远不要害怕孤独,你孤独了才会去创造,去体会,这才是最有价值的……"傅雷先生用他对世界、对人生广阔而独特的视角,以文学、音乐、艺术的高湛造诣,开启着儿女的心灵之窗、知识和生命之门,滋润浇灌着嗷嗷待哺的心田。他从修身养德来阐明做人的道理,把修养学识、塑造品格,尤其学习处事行世的本领,作为人生在世的根本。

只有真正走进《傅雷家书》的字里行间,用灵魂感受一个父亲的谆谆教诲,才能丈量出我们与父亲傅雷之间的距离,也只有站在遥远的地方,我们才能看到自己在教育子女上的狭隘、自私和短浅。认识到这些并非坏处,当我们看到一个文学翻译家父亲、一代艺术大师、一位慈父魂牵梦绕的心灵寄托,我们有了心中的教育楷模和标本,才不至于在教育子女上走太多的弯路。

"荼"者吴冠中

前两年，深陷狂迷，我到处搜寻吴冠中的"水墨江南"画系列，图片、画册、书中插图，一一找来欣赏。遇丹心赤子大红"荼"字签名，才懂得，这个字竟然诠释了大画家为艺术而不辞劳苦、不停奔波的一生。

读吴冠中，他的自传、他的散文、他晚年的语录，从书后面《吴冠中年表》中得知：1939年，吴冠中二十岁，就读于林风眠主持的"杭州国立艺专"(今中国美术学院)期间，酷爱凡·高、高更，在画面中喜用大红大紫强烈的色彩，给自己取名"吴荼荼"的笔名，后改为"荼"，一生用赤红的"荼"字，专做画面签名。

"荼"者，画家吴冠中，青少年时就认为：生命必须有

一份热情，壮烈似火，如火如荼。一个十六七岁的宜兴水乡少年，初次与绘画见面就无可救药地爱上了艺术，违背父命，选择绘画。理智和热情，后者更像一团火，没有任何水质物可以灭掉。毅然决然，放弃了就读了一年的浙大工程科，改考入杭州艺专，

他的苦"荼"，就在那年破土而出。

"荼"者，嚼尽苦汁。爱画如命的吴冠中先生，一生不断从凡·高、高更、塞尚的画中汲取了苦肥，滋润自己"荼"的土壤。从被下放河北农村，背上粪筐，日夜绘画，到劫难年代，得了严重的肝炎，痔疮恶化，通宵失眠。他的良药就是苦画，拼命地画，准备哪一天画死。这种世界上最独特的自杀方式，反而让他的肝炎不治而愈。而吴冠中笔下，不过是老乡们司空见惯的花花草草、蔬果庄稼。大概这正印证了，神农尝百草，得荼而解之的最上古的天理。

太多的世人只记得仅次于齐白石的"荼"者吴冠中，画价值连城，百万千万上亿元，但是有几个人细细品味过吴冠中的苦荼人生。他在《苦瓜家园》中这样题写："苦瓜藤上结苦瓜，血统也，命也。多少事，光环与花圈，都靠苦瓜成正果。苦瓜不苦，我曾题四字：嚼透黄连。"

当年，拼命阻拦儿子学绘画的父亲，在儿子选择学艺术之初，就预想到了儿子可能遇到的人生之苦。晚年儿子说他遭受的艺术苦难，正重复了父亲的嚼透黄连之苦。这个嚼透黄连的"荼"儿，嚼尽苦汁，却吐出了艺术之灵秀：将西方油画抽象艺术和民族水墨国画，相互交融，纵贯中西，把绘画艺术登至世界之巅。吴冠中画里那火红的"荼"字，就像上古神农氏找到的那株"苦荼"，用来医治国人急功近利的浮躁之病。

从他的水墨江南到文字灵魂

翻阅了大量吴冠中的水墨画作后,我突然渴望自己的前生是生活在江浙人家清秀婉约的江南女子。我希望自己脱去北方女子的泼辣和粗俗,在宜兴或绍兴的水乡世界,或轻盈行走,或流连荡舟,或捧一本书册,或伫立在灰白琉璃瓦舍屋檐下……动态和静态,具象和抽象,从幻境走向真实,再向幻境中走去,一辈子在吴冠中的水墨江南意境里,春夏秋冬,生老病死。

我本画盲,对绘画,对毕加索、塞尚、高更一类西方油画,尤其是凡·高作品里的那种抽象艺术热情,可以说很茫然无知。我能懂的,更多是文字。从书籍到绘画,从自传到水墨江南,我和一个耄耋白头的老人偶然相遇。在他去世三年后的这个夏天,在他江南的水墨油彩里,我日里夜里疯狂地用尽各种方式搜寻他的水墨画作。

能和一个艺术不死的灵魂相遇,是我的幸运。在越来越粗鄙浮躁,越来越忙碌无闲的目极四野里,在茫茫人海,提灯寻人,寻一个与自己心灵相通的人,与其灵魂窃窃私语,哪怕阴阳相隔,文字交流,一句顶万句。我找到的不多,鲁迅是一个,孙犁是一个。我才疏学浅,知识储备不够,冀中的孙犁给了我文学性情,绍兴的鲁迅却给了我太多困惑。

带着读鲁迅杂文的困惑，我读到了吴冠中的自传《我负丹青》，书中一段作者自白："一百个齐白石也抵不上一个鲁迅的社会功能，多个少个齐白石无所谓，但少了一个鲁迅，中国人的脊梁就少半截。我不该学丹青，我该学文学，成为鲁迅那样的文学家。"我突然明白，什么叫精神信仰，什么是民族脊梁。在书册中，这个有着忧郁眼神的耄耋长者，他不畏惧死亡，却害怕衰老，心灵思想还在青春般火热燃烧，身体却如灯烛，日渐燃尽。他还有那么多要开拓创新的画作，还有那么多没来得及写的文章，那么多没有来得及说的振聋发聩的"吴氏语录"。

晚年，身体和病魔做斗争，病体限制了他的行动，他不可能再像从前那样四处写生。他看不到自己渴望捕捉到的风景，于是他拿起笔，开始写作，写散文，写回忆，写自传。当文字无法表达心中情感意境时，他又捉笔绘画，从山水风景、水墨江南，又回到自己青春岁月求学时的人物绘画。他想到的是鲁迅，鲁迅的野草和野草中的鲁迅，还有野草中的民族魂魄，野火烧不尽草根，春风一年又一年。看到书中那幅画的时候，我突然顿悟，悟得一些鲁迅先生的呐喊文字，也懂得了作者吴冠中晚年的痛苦，到死都在为自己与精神之父鲁迅之间的思想距离而痛苦。

读懂以后，我不再奢望来世，也不幻想前生。我开始打量自己正在经历的生活,认真思索我读到的书中的有疼痛感的文字。当我再次面对现实中的艰难,或者无法左右的抉择时,我的灵魂能尽快与书中的长者对接,不论是孙犁、鲁迅,还是写《我负丹青》的吴冠中,找准文字中的精神教父,他们不死的神明光亮,一定会照亮我曲折但并不屈服的生命路程。

阅读张海迪,做个快乐的人

有一种别样的美丽,比形体比外貌的美更加珍贵,那就是源自心灵的大美。

"认识"张海迪已经很多年,读她的文字作品也很多年。这样一个如此美丽的心灵偶像,是我们出生于 20 世纪 70 年代,成长于 80 年代的那一辈人的共同榜样。

在我们的人生观形成的时候,她的出现,是那一代人的幸运。她的激励,她的影响,是我们精神境界不断向上攀登的阶梯;读《海迪书信集》的那些年少岁月里,我最敬仰她顽强超拔的毅力,敬仰她挖不尽的学养潜力,敬仰她救死扶伤的动人事迹。高位截瘫,坐在轮椅上的姑娘张海迪,哪个年轻人敢比?

20 世纪 80 年代,张海迪的偶像魅力远远地超过了许多那个时期的歌星影星。不公平的上帝给予她残缺的身体。二十几年来,她不断地与病魔做斗争。她永不停歇地向着文学绝顶攀登,从不满足眼前所取得的辉煌成就。

从她的散文《生命的追问》,到她的小说《绝顶》,再到今天的《天长地久》,每读她的文字,都能不断给予自己努力的巨大动力,因为我的文学偶像张海迪总是继续、努力,努力、继续……

从曾经的"折翼天使"到"国际艺术家"再到今天的残联主席，我不断去关注张海迪的人生踪迹，关注她写的博客，关注她的工作、生活和身体。她说的那句"我很珍惜每一天，其实不快乐都是自己找的，快乐也是自己找的，我会做一个寻找快乐的人"，也是我的座右铭。

身残志坚的海迪，用她顽强不息的生命态度，整整影响了我二十年。二十年来我的文学素养、我的坚持写作都得益于青少年时期对她的无限崇拜。这二十年中，在经过了无数次的生活坎坷和情感挫折以后，我更加由衷佩服文学偶像张海迪，她懂得那么多克服艰难困苦的人生道理。即便到了今天，在读书写作的道路上，我始终没有放弃青少年时期因为海迪立下的美的理想和追求。

我做小学教师，用至善至美的清澈水源灌注每一颗幼小可爱的心灵，让他们的学识更多，让他们的心灵更美；我做山川河流的旅行者，将我目之所及，走过路过的山水风景，用美丽的文字介绍给我的读者；我做散文随笔撰稿写手，用蕴含在文字中美的情趣把阅读者渐渐感动，然后再将美的文字情趣融汇到他们释卷后的心灵中……

那一份晚唐的美丽

重读林庚，是在先生离世的第五个年头。在诗歌文学日渐边缘化的今天，人们很少再提起诗人。闲时偶尔从书架低处抽出一本丰子恺的漫画册，看画时读到"人散后，一钩新月天如水""过尽千帆皆不是，斜晖脉脉水悠悠""几人相忆在江楼"等曼妙词句，不知怎的一下子就想起林庚先生来。

看过林先生的评传。书里说，1930 年，在清华大学物理系读完二年级的林庚自愿转到了中文系，转系的原因就是一本《子恺漫画》。先生晚年曾经回忆说，自己中学时代的兴趣在理科，醉心于爱因斯坦的相对论，到了清华后常在图书馆乱翻乱看，看到了《子恺漫画》，画的标题竟是"无言独上高楼""过尽千帆皆不是，斜晖脉脉水悠悠""几人相忆在江楼"这些美丽的古人诗句。看了画，就去找诗词看，结果他就入了迷。再读郑振铎为《子恺漫画》写的序言，先生一下子就对古典诗词上了瘾。古老的诗歌艺术就是如此有魅力，美丽的唐宋诗词使林庚的人生从此改变。

做诗人，创作旧体诗，让他得到了前辈大家俞平伯和朱自清的赏识，毕业后成了朱自清的助教。自由诗创作，让他得到了另一种自由——"用最原始的语言捕捉生活中最直接的感受"，他创作的《朦胧》《夜行》等名作，受到沈从文等先生的推崇，由此成为诗坛健将。可作为一名自由诗的杰出创作者，林先生知道重新探索的艰难。不过，在他看来，"创作应该是一件探险的事业，而不能是吃现成的"。1935年，在包括著名诗人戴望舒在内的诸人的不解和劝阻中，林庚开始了对格律体新诗的创作和研究。

林庚早期创作的诗歌，正像诗人废名说过的那样："他的诗是自然的，同时也是突然的，有着一份晚唐的美丽。"如今重读林庚，更喜欢他耄耋晚年的作品。一本去年从书店购买到的清华大学出版社出的先生九十岁时才问世的诗歌力作——手迹影印本哲理诗集《空间的驰想》，总是让我爱不释手。

正因为先生曾经就读于清华物理系，有着深厚的自然科学功底，才使他更加觉得有限的科学方法在无限的宇宙面前总是显得那样苍白，而艺术的表现却可以超越，艺术的感受在一刹那可以永恒，能"于一瞬见终古，于微小显大千"，能使人类超越有限，直面无限的宇宙。诗歌足以实现人生的解放。先生每首诗中的哲理味道，

就在于"突然"里面，包含着太多深邃隽永的"自然"。

　　捧读这本书，常让我浮想联翩：假如时光可以倒流，自己的前途可以选择，我一定通过自己的不懈努力，走进清华园，走进林先生的古典诗词的课堂，亲耳聆听先生有关唐诗中的"盛唐气象"和"少年精神"的独特讲解，在青春成长的路上不断承装"青春和美"的无尽财富。我是多么渴望亲眼看见"身着丝绸长衫，神采奕奕"的林庚先生，做一名台下虔诚弟子，屏息凝神，只等林先生的慢条斯理，京腔京韵，还有那清秀、飘逸的书法板书……

谁念西风独自凉?

午夜独醒,有诗词相伴。今夜只读纳兰,喜欢在他用词构筑的别致意境里,一阕一阕地缓步穿过。目光在每一个韵脚寻找,寻找那个文武兼备、能骑善射的马上民族的翩翩少年;寻找那个作诗填词,厌倦仕途,渴望逃离,远走红尘的淡泊男子;寻找那个与爱侣阴阳相隔,灵犀相通的相国贵公子。我偏爱他的多才,偏爱他的专一,偏爱他贵族血统里的纯净高洁,偏爱他不可复制的独一无二的人格品行。

1676年,容若进士及第,拔萃的文才和能骑善射暗淡了无数同龄男子,他从三等侍卫平步青云,官至一等,常年侍奉清圣祖。别人可望而不可即的功名,在他的眼中如若浮云。作为满族正白旗子弟,相国长子,朝中得意年轻侍卫官,新朝贵胄,自然受到康熙皇帝的喜欢,随时伴在君旁。

他的祖上是草原后裔,马上民族,骑马射箭融进血脉。可是他却生长在京华之都,生在钟鸣鼎食的相国之家,从小接受的是汉文化,他的思想被儒家文化浸染熏陶。泱泱华夏的古老文化典籍,充实了他的童年、少年和青年,浓浓的诗词艺术,是他相伴一生的精神支柱。

1682年，初春三月，草木初萌，清圣祖东巡，从京师出山海关赴盛京(现在的沈阳)。作为康熙的一等贴身侍卫，他没有庆祝胜利的喜悦豪情，没有寻根的崇敬和激动。尽管他一步一步接近关外清王朝的发祥地——盛京，完全被汉文化同化的侍卫官，心里所装的故园却只有关内的京华，还有萦绕于胸"剪不断，理还乱"的离愁别绪。

康熙虽说是个奋发有为的君主，但却好大喜功、刚愎自用，习惯把功劳归于自己，把罪责推诿给臣子，同时，他又多疑善嫉，喜欢谗言诿辞。朝中朋党倾轧，风波屡起，别有用心的小人迎合得志，正直清白的文武官员却屡受陷害。纳兰亲眼看见统治者之间为争权夺利杀机四伏，常常"惴惴有临履之忧"。对于风起云涌的仕途，他极度厌倦，甚至渴望摆脱是非不断的官场。"伴君如伴虎"，命运之神将他安排在清圣祖身边，与爱妻的长久分离，让他愧对自己的新婚伴侣。情感专一的侍卫官，满腹愁苦欲倾诉给新婚妻子，无奈两地分离，唯有寄于赋诗填词，打发内心的深切思念。

一个封建相国之子，品行才华骑射武艺令无数纨绔子弟汗颜；他感情专一，高洁自律，从不涉足秦楼楚馆，也不像那些风流才子狂放不羁。他将自己的挚爱给了原配亡妻。"蓦地一相逢,心事烟波难定。谁省,谁省,从此簟纹灯影。"在婚姻大事听凭"父母之命,媒妁之言"的封建时代,年方二十的纳兰容若遇到了卢家女子——两广总督兵部尚书都察院都御史卢兴祖之女,两人一见钟情,婚后情深意挚恩爱有加。

可是作为皇帝的一等侍卫官,聚短离长是家常便饭。婚后不久,他就随驾常年羁旅在外,难得与新婚妻子团聚。"人间别离无数,问瓜果筵前,碧天凝伫,连理千花,相思一叶,毕竟随风何处。羁栖良苦,算未抵空房,冷香啼曙。今夜天孙,笑人愁似许。"婚后第三年,卢氏不幸死于难产,纳兰从此与心爱的女子天上人间。

仕途艰险,爱妻早亡,掏空了纳兰的心灵。他除了用填词写诗倾诉无尽的哀思,就是渴望摆脱侍从职涯的枷锁,甚至想了却尘缘,剃度出家。"泪咽却无声,只向从前悔薄情,凭仗丹青重省识,盈盈。一片伤心画不成。别语忒分明,午夜鹣鹣梦早醒,卿自早醒侬自梦,更更。泣尽风檐夜雨铃。"纳兰多么后悔自己当初没有更好地尽到做丈夫的义务,给予妻子更多的关心和爱抚。如今想为亡妻描绘一幅肖像画,都因为伤心太重,无法提笔。

没有哪个女子能够代替卢氏的好、卢氏的情。"一往情深深几许,深山夕阳深秋雨。"从二十岁娶卢氏为妻,到卢氏三年后去世。三年中,凡是康熙出行,无论远近,他都随驾左右。这个婚姻家庭中的性情中人,这个视仕途官场如浮云的伤心男人,淹没在对亡妻的无比怀念、无比悲痛之中,所有的伤心欲绝,所有的灵魂依恋,全都浸透在他的诗词中。灵魂的无所依赖,感情的缺失,使他悲观厌世。三十一岁的容若,猝然离世,终于结束了他厌倦已久的侍卫官生活,结束了他护驾出巡,陪伴狩猎,避暑祭祀,奔波劳碌的生涯。

翩翩痴情公子——纳兰性德,几百年后,还会有谁才华如你,品格如你,高贵如你,深情如你。现在,所谓的官宦豪门子弟,尽管常常一掷千金,将自己包装成一派贵族公子模样,可是皮囊里还是草莽,是用文明伪装的纯物质男人。爱情早被他们当成娱乐、幌子、道具,他们有多少精神高贵、尊严高贵、性情高贵、志趣高贵的东西?从他们身上只能看见浮躁华丽,绝对找不到纳兰身上的贵族气质。

因为,这个世界上,只有一个纳兰性德。

一个"乡下人"的"希腊小庙"

1922年夏天，一个湘西小镇的苗族年轻人，为了文学放弃一切，怀揣着梦想来到北京，在北大做了旁听生，在"窄而霉小斋"发愤写作。寒冬腊月，他却还穿着一件薄布衫，忍受着文学前辈鲁迅的误解和伤害，忍受着文学编辑的讥讽和嘲笑，带着他心中对文学虔敬的那份执着、那份坚定，一步步朝着心目中的圣殿走去，一点点靠近，靠近……

说起来我也算是个"从文书迷"了。在四壁皆书的家里，新文学旧版本中，我们收集到沈从文的作品是最晚的，却是最多的。从散文到小说，从《边城》到《从文自传》，从读他的第一本书开始就深深地喜欢上了他和他

笔下的湘西世界。每每进入沈从文的文字，都能被他那种淳朴情境深深感染，静心平思，总能收获一份踏实，一份坦然！

古希腊德尔斐阿波罗神庙上镌刻着一句古老的格言：认识你自己。与其说这格言是一道神谕，毋宁说它是一种警示。物质欲望

如今已占领了现代人的大部分心灵空间。更多时候人们沉溺于感官的满足和宣泄，忘记了自己对生命和人性本身的追问和反思，常常莫名其妙地感到空虚、无聊和失望，不满足感如影随形，恶魔一样缠绕在心头，挥之不去。

在这个熙熙攘攘的尘世，任谁也无法摆脱肉体凡胎对物欲的渴望，所以人类在不断地寻找属于自己的那个精神家园，去实现我们自然健康的生活状态。于是人们向往各种艺术，让它们净化我们的心灵，在我们的灵魂深处塑造一个至真至善至美的和谐世界。

沈从文经常说自己"是一个乡下人"。人性是这个"乡下人"创作的起点和归宿。"这世界或有在沙基或水面上建造崇楼杰阁的人，那可不是我，我只想造希腊小庙。选小地作基础，用坚硬石头堆砌它。精致、结实、对称，形体虽小而不纤巧，是我理想的建筑，这庙供奉的是'人性'。"(《习作选集代序》)在这个"乡下人"建造的"希腊小庙"中，我们找到了这样一个美丽、自然、淳朴而又充满了人性美、人情美的湘西世界。

在当今的现实生活中，太多的人常常迷失了自己，在日新月异的社会竞争面前力不从心、悲观失望。那么只要你耐心地坐下来，认真地读一读这个"乡下人"的文字作品，你就会从他的那座小小的"希腊神庙"中发现，生命的顽强和坚韧在他的文字作品中不断呈现，他对生命的关爱、对人类生存状态的关怀也通过他那优美细腻的语言、美丽迷人的风景介绍、淳朴强悍的风俗民情呈现在我们面前。他对人生、社会、生活的思考和探寻，他的自然、温馨和关爱，会让你在淡泊、宁静的生活中找到自己的位置，发现自己的价值。

沈从文在写完《边城》时曾说："《边城》中人物的正直和热情，虽然已经成为过去了，应当还保留些本质在年轻人的血里和梦里，相宜的环境中即可重新燃起年轻人的自尊和自信心。"沈从文多么希望他的文字是一种浸染，一种熏陶，让这个"乡下人"笔下流淌的那种对生命的信仰，对人性的探寻，对人类的博爱和关怀的美好热情能够被重视并保存下来，浸入到现代人的精神内核，去暖热一个个渴求温暖和关爱的心灵。

读沈从文自传

认识他的文字，是我人生路上的一个重要转折。一个喜欢文字的乡下人独自闯进城市，从满怀希望到绝望、无助、脆弱、孤独，不知下一步是走还是留。"在你缺少一切的时节，你就会发现原来还有个你自己。"就是他的这么一句话，让我留在这个城市，开始走属于我自己的那条路。

我读过很多作家的书，可是在来城市以前，我却不知道他，更不用提他的任何一部作品。直到在茫然无助、走投无路的时候，这座城市街边路口的一处旧书摊上的一本叫《从文自传》的小书，让我从此进入城市，学着去解读社会这本厚厚的大书。正如他在《自传》中写的："生活中充满了疑问，都得我自己去寻解答。"

一个在湘西屯兵小镇出生长大的"顽童"，因为喜欢自然界的一切新鲜之物，厌倦私塾教学，整日逃学。他出生在军人家庭，爷爷是当地赫赫有名的将军，父亲也是一名响当当的军人，在那个靠近中国西南的贵州和四川的苗族古老地方——湖南凤凰镇，人们更加崇尚从军，所以自然他也就选择从军。当时他只有十四岁，从此开始了自己的军旅生涯，浪迹于湖南、四川、贵州，接触到土匪、走私者、妓女、船主、水手、手工业者、士兵、巫医、农民和商贩,学会了他们的语言,或者说他开始从小地方、小人物身上寻求整个人类生存条件问题的答案,也开始了自己从一个少年士兵到一个写作大家的早期蜕变。

他就是被诺贝尔文学奖评委瑞典汉学家马悦然称

之为中国最伟大的作家之一的沈从文。1922 年 7 月,一个被旧军队长官擅自改名的兵痞沈从文,脱离军伍,永别了他笔下愚蠢、残暴与血腥屠杀的土著部队,闯进北京城做了一名不注册的北大旁听生,然后他选择了写作。这个一文不名的青年,生活无所依靠,穷苦潦倒,在自己的文学梦里几乎冻死饿死。他拒绝了作家郁达夫大泼冷水的劝告,甚至拿生命赌博一样,完全靠着勤奋刻苦,在绝境中终于顽强地活了下来。他靠着自己手中的一支笔,逐渐在北京文坛立足了,在文学山冈上留下了一片美丽的"沈氏森林"。

1932 年秋天,他已经离开家乡整整十年。尚不满三十岁的沈从文在青岛大学教散文习作。一位朋友在上海办新书店,要他打头阵,写写自己过往的生活,约定一个月内必须完成。命题限时交卷,这样的写作习惯同沈先生的慢工夫大相径庭。但是,他考虑到不妨解除一切束缚,改换一种干脆明朗的写作方法,就个人记忆到的来写,既可重温自己的生命过程,也望告诉读者他是在怎样的生活绝望中充满勇气和信心地活下来。所以,仅用去三个星期,没有经过苦思冥想,先生就完成了这册不足八万字的他自称之为"顽童自传"的"小书"。

直到 1988 年他离开这个世界,沈先生恐怕也不会料到自己的这本"小书",如何便成了现代中国文学史上的一部"大书"。他更不会料到自己的这本"顽童自传",会影响多少处于生活绝望中的年轻人,使他们充满勇气和信心地活下去,活出自己的精彩。

集大成乃成大家

黄永玉,作为画家,油画、版画、漫画、素描简笔,无论哪样皆成一家;作为作家,散文、杂文、随笔、传记、诗歌,各类文学体裁全不在话下,信笔拈来,嬉笑怒骂,抖落抖落,满纸的精彩文字,让人读后笑中有泪,泪中有情,字字句句引人入胜,不忍释卷;作为书法家,行、草、楷、篆样样皆通,书于笔下,独创一派,自成一家。书中有诗,诗中有画,当今文坛画坛谁个敢与比肩?

此外,这个有名的喜欢满世界乱跑的"可爱小老头儿",竟然还是个音乐的行家里手,会作曲,发表过音乐作品;他还会打猎,贫苦的年月,就靠着一杆猎枪为全家增加营养、改善伙食。还听说,有一段时间他的一个酒瓶包装的设计作品,隐去姓名,层层选拔,最后一举夺得头名大奖。

黄永玉就是这样一个"才气纵横,能文能武,尽得风流"的文艺大家。这个初中二年级便辍学,十六岁就开始以绘画及木刻谋生,曾经为了生活,当过瓷厂小工、小学教员、剧团见习美术队员、报社编辑、电影编剧、美院教授的湘西汉子,用他的勤快、他的不懈努力,为今天的画坛、文坛、书法界不断地创造着奇迹。

黄永玉在悼念钱锺书的回忆文章中说:"祖国的文化像森林,钱先生是林中巨树。"在一棵又一棵像钱锺书先生一样的大树的参照和庇护下,黄永玉这棵林中之树也逐渐茁壮成他们其中的一棵。

《比我老的老头》(作家出版社)——就是黄永玉为纪念、感谢文学大家而为后辈写下的介绍祖国文化森林里参天大树的一本好书。作者在书中尽情抒发自己对这些大家的敬佩、怀念、感谢之情,立体再现了一些文坛画坛大家的人生坎坷路程。更重要的是,黄永玉在他们身上汲取了日后成为大家的艺品和人品,无愧于许多大家师者对他的帮助和栽培。

张乐平——牵着三毛的小手奔走了一生的漫画宗师,在那个战火不断的年代,把一个十六岁的野性十足的辍学少年,调教得服服帖帖。他用手中的画笔和纸上的三毛,用他"传神写照"的艺术创作风格,令年少的黄永玉崇拜一生,受益一生。

沈从文——黄永玉的表叔,他四十岁以前辉煌的文学成就不断影响着黄永玉,从文表叔一家跟黄家的亲戚渊源,从文表叔笔下的湘西凤凰县城,从文表叔对故乡深入骨髓的眷恋,从文表叔一辈子至善至柔的为人,从文表叔退出文坛后一心投入的文物研究成果——《中国古代服饰研究》……这些都是黄永玉几十年耳闻目染的为文为人的师者风范,他吸吮、渗透、杂糅、舒卷、承传,然后就有了黄永玉在文学上自己的独特风格。

20世纪80年代，又有一个学贯中西的大家——钱锺书先生替他解了围，最关键的时候，告诉他关于"凤凰涅槃"的文字根据，告诉他只要去翻翻中文版的《简明不列颠百科全书》的第三本就能找到。

还有和黄苗子、郁风夫妇情同手足般的几十年的深情厚谊，还有齐白石、李可染、李苦禅、林风眠等等这么多比黄永玉老的老头，领着他在艺术的道路上不停地奔跑、奔跑……

直到黄永玉长成和他们一样的，祖国文化森林里的参天大树。

戏里戏外看黄裳

深夜上网，又见一前辈大家仙逝。六月初是"小兄"周汝昌，时隔不到百天，"裳弟"黄裳（原名容鼎昌）也黄泉赴约。凄然复凄然，刚放下手中的《周汝昌传》，又捧起黄裳的《旧戏新谈》。

前几年，我写戏曲随笔，戏里戏外，生旦净末丑，男女坤伶，上了瘾，一连几十篇，见诸报端。突然有一天弃笔停写，有朋友细问其中缘故。答曰，因为读黄裳，一本《旧戏新谈》让我"戏"笔无腔，亦无韵。此类文章，本人汗颜，倍感江郎才尽。

午夜独醒，再次捧读《旧戏新谈》，一本新版老书，戏外谈戏，说戏、侃人、谈史、论今，让我欲睡不能。

黄裳的这本新版老书，其实是他在1946—1947年间在上海《文汇报》副刊《浮世绘》上发表的专栏文章，当初署名"旧史"。文章不但说戏，也说历史与时局。

最早的《旧戏新谈》是1948年在开明书店出版的。我手中的这本是后来北京出版社把原来的《旧戏新谈》删节作为"大家小书"重新出版，并加以修订。说是旧戏，读起来绝对是新谈。

我童年时，在乡下戏台底下懵懂听戏。年岁渐大，歌舞繁华,戏曲已近边缘,西皮二黄,更是名角罕见。前辈黄裳能亲眼看见梅兰芳、程砚秋、杨小楼等京剧名角演出,即便心生牢骚批评,那也是他此生有幸,叫我等戏痴怎不心生羡慕。

读黄裳旧戏文字,情趣更在戏外,比如书中以戏论史,以史论今部分,实在独到老辣。从《水浒》戏文谈女人,从《新安天会》论及洪宪记事,从《西施》论范蠡与西施的最终归宿……我最喜欢戏评胡适那段,读来忍俊不禁:"胡适博士战前著过一篇自传性的文章,'逼上梁山',自夸其改革国语等等业绩。最近又作《过河小卒》之诗,隐隐之中也寓有被'逼'意。然而我看这与林教头的处境倒是大大的两样的,一个是真的被逼,一个则是荡妇失节前的呻吟也。"

再次读《叫好》,还是羡慕前辈能看见活的杨小楼,京剧顶级大武生。文中提到自己为看杨小楼的亮相,居然激怒了一看戏的白胡子老先生,后果很严重,就因为他挡了人家的视线,老人家失去了一次看杨小楼"碰头彩"的好机会。

看来,当年三十几岁的黄裳也是个看客。而这个看客笔下论戏,虽然说旧戏,却谈出了自己文章的戏外大精彩。无怪乎当年唐弢在《旧戏新谈》的跋文里面说:"常举史事,不离现实,笔锋带着情感,虽然落墨不多,而鞭策奇重,看文章也就等于看戏,等于看世态,看人情,看我们眼前所处的世界,有心人当此,百感交集,我觉得作者实在是一个文体家……"而今,这个叫好看客,旧戏新谈的文体家,离我们远去了,可他的"小书"仍鲜活地放在我们的枕边案头。

王世襄美食论道

"现在的饮食，全变味了。最幸福的是孩子，他没吃过从前好的，吃什么都可以。我们吃过的，就觉得全不对了——原料都没了，工艺没用，无米之炊。"前几年在京城，被学问圈内称为"烹调圣手"的王世襄不无感慨地说道。

"文人学庖"是一种雅士之乐，从古至今，这种自寻其乐的美食名家能达到一定境界的不多，美食学问造诣颇深，善吃、善做、善品评全活的更是屈指可数。而已故收藏大家、文物鉴赏专家王世襄在美食方面就玩出了自己的"绝学"。老作家汪曾祺就曾说："学人中真正精于烹调的，据我所知，当推北京王世襄。"

这位已故学问大家在一次采访中说过："现在吃的东西变质了。以前的葱，除去外边两层皮，里边是鲜嫩的，现在的葱剥到里边，还是硬的，炸也炸不熟，吃到嘴里不化，有渣滓，根本不是味道。比如你做一个菜，葱烧海参，一定要好葱。以前我有一个很出名的菜——焖葱，但是用现在的葱做不出来。"

先生说的"焖葱"那道菜的故事，就出现在汪曾祺的《学人谈吃》的序中：王世襄和几位朋友聚餐，规定每人备料去表演一个菜,王带了一把葱,做了"焖葱"这个菜,结果把所有的菜都压下去。

这位北京文化圈中的"烹调高手",买起菜来也是行家。二十年前,王世襄每天早晨去朝阳市场,响铃就往里冲,买完菜转地方,提一碗豆浆回家。据说从前给班禅做饭的刘文辉,就和王世襄一块买菜。因为王世襄买菜说的是行话,大家都以为他是后厨大师傅。

这位被很多人认为是后厨大师傅的王世襄在菜品品尝界亦是一位"灵嘴"。1983 年,全国美食博览会,有三个品尝委员,一个北大的王利器,一个是清朝末代皇帝溥仪的弟弟溥杰,再一个就是王世襄。先生后来回忆:"那时候真是饮食的高峰,你只能用筷子尝一点,不能多吃,多吃了嘴就不灵了。有杯茶在那儿搁着,吃一口还得漱口,这样嘴才灵。"

让王世襄老先生记忆深刻的还有福建二强:"我记得福建有二强,强木根和强曲曲两兄弟,是福建当地的名厨。他们带一个菜来,就是'鸡汤海蚌'。海蚌在郑振铎的家乡,生长在淡水和咸水之间。为这个比赛是用飞机运来的,生蚌剥开之后搁在碗里边,盖上盖,然后把灌在壶里的烧开的鸡汤浇在上边,保持原来的味。现在海蚌还有，不过非常少了，没有特殊的贵宾来不会吃着。"

王世襄先生还记得石家庄有一个厨子，做一个鲤鱼，丝切成比牙签粗一点点，炸完了每根都不连着，而且不断甚至没有折的，全炸酥了。这个厨子很出名，干炸鲤鱼，蘸一点面，炸完再浇上汁，就好像狮子头上的毛发那样。蛋清抽打，堆起如雪，用作奶油的代用品。

对那次比赛，王世襄也有批评之语："那时候艺术拼盘之风开始盛行，我觉得费时费工，华而不实，不应该成为饮食风气的主流。"

中国的美食更是一种文化，正是有了王世襄这样的学界大家，才使中国烹饪不断地继承和发展。

读不够的王国维

最早认识王国维,是少年时在老家墙上的一幅书法字画上。父亲对着画,一个字一个字教我们读:"古今之成大事业、大学问者,必经过三种之境界:'昨夜西风凋碧树。独上高楼,望尽天涯路',此第一境也;'衣带渐宽终不悔,为伊消得人憔悴',此第二境也;'众里寻他千百度,蓦然回首,那人却在,灯火阑珊处',此第三境也。"父亲说,这是王国维说的。

读过许多书以后,知道王国维是一位在文学、美学、史学、哲学、古文字、考古学等各方面成就卓著的学术巨子,是著名诗人徐志摩、武侠小说大家金庸等人的同乡,被学术界誉为"中国近三百年来学术的结束人,最近八十年来学术的开创者"。让后人不解的是,1927年6月2日,他自沉于颐和园昆明湖,终年五十岁。而他的死因至今还是个罗生门,猜测纷纷,版本不同。

王国维最准确的自杀记载应属赵万里《王静安先生年谱》,书中记载如下:"五月初二日夜,阅试卷毕,草遗书怀之。是夜熟眠如常。翌晨(即1927年6月2日)盥洗饮食,赴研究院视事亦如常。忽于友人处假银饼五枚,独行出校门,雇车至颐和园。步行至排云轩西鱼藻轩前,临流独立,尽纸烟一支,园丁曾见之,忽闻有落水声,争往援起,不及二分钟已气绝矣,时正巳正也。"

"五十之年,只欠一死,经此世变,义无再辱。"读到王国维的遗书,我第一时间想到的就是莎士比亚笔下的哈姆雷特,那句悲剧性的经典台词:"生存还是毁灭,这是个问题!"简单易行的是生存下来,可更多是来自内心无法平衡,无法释解的大痛苦。生有涯,苦无涯,精神深处的失落和疲惫,让有生命的躯体继续苟活下去,不过成了一副没有思想的空壳。

最近读王国维女儿王东明《王国维家事》一书,书中说到父亲的死因,和"被亲家逼债"或是"军阀进京受辱"的观点相比较,女儿从家庭的角度,从父亲的角色上,分析了王国维家庭悲剧式自杀。她说在王国维自尽的前一年,其二十七岁的长子王潜明在上海去世。丧子之痛对他是致命一击,让他痛苦得无法自拔,或许唯有一死才

能解脱这份悲痛。

王国维之死,各类死因,我最推崇陈寅恪先生。他把文化推到生命的高度。同是国学大家陈寅恪,最能懂得他的这位知交的内心苦痛,所以在他《王观堂先生挽词序》中所云:"凡一种文化值衰落之时,为此文化所化之人,必感

苦痛，其表现此文化之程量愈宏，则其所受之苦痛亦愈甚；迨既达极深之度，殆非出于自杀无以求一己之心安而义尽也……盖今日之赤县神州值数千年未有之巨劫奇变；劫尽变穷，则此文化精神所凝聚之人，安得不与之共命而同尽，此观堂先生所以不得不死，遂为天下后世所极哀而深惜者也。"

在今天，在文化不断被戕害，不断被权势、财力、娱乐任意践踏的今天，在文化的从事、推介、传承、研究者们，被不屑，被藐视，被裹挟，被欺凌的社会环境里，作为一个以写文化随笔赚点生活补贴的民间草根，我更加相信，国学大师王国维的死，"死于一种文化"。

我也有过王国维那种源自内心深处的疑惑、痛苦、幻灭，但是我不会选择自杀。历史的车轮滚滚向前，再不会倒退，旧的文化肯定会不断被新的代替，任谁也无法阻拦，与其拼死固守旧的，不如坦然接受新的。或许，正是因此，自己终其一生也无法达到国学大师的那种"衣带渐宽终不悔，为伊消得人憔悴"的做学问的第二境界，更不要说第三境了。

读靳飞的《张中行往事》

我遇到的这本新书,名字叫《张中行往事》。我得承认,这之前,我极少买当下新书,特别是后辈写的文坛大家小品传略的新书,总觉得,他们太浮躁,功利化,有所依附,所写的与传主有出入有距离。我宁可选择一个文坛大家过世后,他的同辈发表在各地大报副刊上,散落四处,繁星春水样怀念他的随笔文字,或是干脆选本人的随笔自传。

买这本书时,封面装帧起了很大作用。那面"行翁剪影",似曾相识,极像封面设计大师张守义晚年的风格,利刀镌刻,无发,有脸,五官凸显,神似胜乎形似。当时就猜想此头部小像,不出自守义先生之手,必出自大师后学之辈。

翻看新书封底,果被我猜中,能绘制出长耳垂肩,长脸细眼,一副和合散淡祥态,农夫本色,渊源学者大气相,刻画出老学者,容人格、品格、自由、胸怀为一体的随笔散文大家张中行的最真模样的,除了照相机,不可能再有封面设计大家张守义那样的独特手法。

就书的作者来说,以我的读书层面根本不知"靳飞"何人。翻开书的插图,笑不自禁,心说:缘分,缘分。那书的作者,竟几分酷似我家的孩爸——瘦削,戴眼镜,爱扎老人堆。

再随手翻读书末几页,见一首《口占一绝》:"黄金台上有我家,乱弹声里好风花。无用闲书三两卷,临窗读到日西斜。"哈哈,又是一个旧体诗玩家。只可惜,我家那教书先生,没有人家玩得那般好,更不用说,能与书中行翁一唱一和,赏玩风雅。我家那位,不过孤芳自赏,偶尔读给我听罢了。

抽出两三个夜晚,静读此书。书读未半,慨然长叹,京城真是个好地方。作者靳飞,真是近水楼台,得月,得书,得高人,羡煞我等读书人。周汝昌、吴祖光、季羡林、启功、张中行,从民国走过来,成为京城顶级学者大家,哪个不是浑身学问,哪个不是历经沧桑,哪个不是凤凰涅槃高人隽语妙故事。靳飞人生口袋里,随便那么一掏,都能掏出成串的故事佳话。

能与八十行翁,忘年至交,幸运靳飞,有自己的资质,写旧诗、作文论,书法与国粹京剧功夫堪比八旗遗老遗少,举办堂会,组织活动,更是拿手好戏。同辈哪个能比,哪个能懂能唱,敢与专业名角同台?而这些没落的京城文化艺术底蕴,最能打动老先生们心底最柔软的部分。

遇到一本与自己有缘的书,甚是幸运。

临去秋波那一转

——醉读西厢

旧日读到《红楼梦》第二十三回"西厢记妙词通戏语 牡丹亭艳曲警芳心"，最记得贾宝玉与林黛玉躲到沁芳 闸将《西厢记》看得如醉如痴。后来再读元杂剧《西厢 记》，更加爱揣摩"宝玉黛玉宝钗之间的爱情"曹雪芹版 的最终结果。不管怎样我都固执地认为"天下有情人终 成眷属"，就像落难书生一见钟情相国千金崔莺莺，从游 殿开始钟情到完成夙愿。不喜欢高鹗续的《红楼梦》，再 怎么说衔玉出生的宝哥哥，绝不会丢下一见倾心的林妹 妹，去和宝姐姐鸳梦成真，它应该是另一番结果。"待月 西厢下，疑是玉人来。"即便是精神领域的亲密结合，亦 让后世读者感觉他们的爱情之果才是最融洽完美的。

感谢戏剧大家王实甫，将唐代才子元稹的自传体传 奇小说《莺莺传》，从董解元的《西厢记诸宫调》的窠臼里 拆解出来，重新编织得臻于完美。一缕一缕地抽取前辈 说唱书家的金线，重新编织好自己的华美衣裳。谁都不 能否认金丝确实是原来主人家的，可是同一件故事的构 架，经过元代王实甫大手笔的揉搓塑抹精雕细刻，终究 成为一代杂剧压卷之作。正如明初贾仲明在《凌波仙》中 写的："新杂剧，旧传奇，《西厢记》，天下夺魁。"杂剧扛鼎之作非西厢莫属。然而曲风素有"花间美人"之誉的元代大才子,除了留给后世一部几百年来久演不衰的爱情喜剧大戏,可查考的生前事迹实在太少。

他所有的生前影踪我们只能在戏曲舞台上捕捉。细细聆听品味《西厢记》每一出折子戏里的曼妙辞章,或许我们在"草桥惊梦"一折里能找到模糊的叠印。作者借张生之口唱出原本自己的心情:"柳丝长咫尺情牵惹,水声幽仿佛人呜咽。斜月残灯,半明不灭。唱道是旧恨连绵,新愁郁结;恨塞离愁,满肺腑难淘泻。除纸笔代喉舌,千种相思对谁说!"文如其

人,我们可以想象得出来,书剑飘零的落魄书生张君瑞亦有作者的附身,无视功名,前途无寄,苦闷郁积。一支"做词章,风韵美"的极致妙笔,唯有将人间圆满美事寄寓戏曲杂剧之中。

人间美事之首当属青春爱情,自古从诗经三百篇、楚辞、汉赋,到唐诗、宋词、元曲、传奇小说,就像徐志摩说的那样"得之,我幸;不得,我命",爱情皆是最美丽的歌咏主题。《西厢记》久演不衰的主要原因大概也是这个,戏曲观众盼就盼个有情人皆成眷属的大团圆场面,

然后喜滋滋地离席而去。我想,几百年来,市井人巷,谈到西厢,最羡慕的仍旧是那天生一对地设一双的张生崔莺莺。"待月西厢下,疑是玉人来"的幸福约会早就演变成后世各路版本的青春男女们怦然心跳的"花前月下"。

最美的还是那株牡丹

——读白先勇的青春版《牡丹亭》

昔日读雪芹一生血泪铸就的残本《红楼梦》前八十回，每次一读到第二十三回"西厢记妙词通戏语　牡丹亭艳曲警芳心"，都要逐字细品那葬花的娇弱女子林黛玉：

> 正欲回房，刚走到梨香院墙角边，只听墙内笛韵悠扬，歌声婉转，黛玉便知是那十二个女孩子演习戏文……偶然两句只吹到耳内，明明白白，一字不落，唱道是：原来姹紫嫣红开遍，似这般都付与断井颓垣。

偶然在新华书店早已被读者冷落的有关戏曲书籍的角落书架上，发现了一本白先勇先生的青春版昆曲《牡丹亭》，一经捧读难以释手，最痴迷的当然还是"游园惊梦"一折。

这株戏曲大观园里的"牡丹"曾经打动了多少人的心灵。曹雪芹未竟的巨著《红楼梦》里，多愁善感的林黛玉偶然在悠扬的笛韵里听出了几句昆曲，惹得她一阵伤心落泪，而这令她不能自持的正是前面提到的《牡丹亭·惊梦》的名句。遭遇不幸的冯小青写下了七言绝句：冷雨幽窗不可听，挑灯夜看《牡丹亭》；人间亦有痴于我，岂独伤心是小青。更值得特别一说的是，我国五四时期曾经与老舍先生共同写下话剧剧本《桃李春风》的女作家赵清阁，在新中国成立前根据不同戏曲版本改编成的小说《杜丽娘》轰动一时，后来重版时再次改名为《牡丹亭》。这位一生未婚独居的女作家，将白话文的小说《牡丹亭》留给我们，将她坎坷青春往事中与《牡丹亭》里的丽娘极其相近的性情寄寓书中，而她与老舍之间珍贵情谊的书信，却在她的生前被焚之一炬，成了永远的谜。

　　又是这株戏曲大观园里的牡丹，在新世纪到来之初大放异彩。2001年5月，昆曲被联合国教科文组织列为首批"人类口头及非物质遗产代表作"。2002年，一位白发苍苍的老人也开始了他的昆曲拯救之旅。他从台湾来到大陆，首先风尘仆仆来到苏州昆剧院，一面挑选新人，一面找名家设计灯光、舞美、音乐，给《牡丹亭》这部经典

剧目加上现代视觉审美。两年后的2004年，这位台湾著名作家白先勇领衔指导的青春版《牡丹亭》在台北首演，再然后是美国以及南京、苏州、北京。老先生带领着他的《牡丹亭》各处巡演，让青春版的昆曲，一场比一场轰动。

2009 年国庆六十周年,这株戏曲牡丹在国内再次焕发它的艺术光彩。

很多人都知道,这位以写作闻名海内外的老先生一辈子最爱《牡丹亭》。先生曾经说:"我的确热爱昆曲,但我不是在做一出戏,也不单是为了昆曲,我希望把民族文化的力量唤回来。"三年的奔波中,《牡丹亭》的演出全靠着赞助人提供的资金,前前后后老先生募集到三千万人民币。而作为文化人,白先生也说最痛苦的就是为了演出去跟别人伸手要钱。但是他从没有放弃过任何一场《牡丹亭》的演出,只为了寻回渐渐遗落的民族魂。

"年轻时我往西方走,看人家什么都好,看了四十多年,一回头才发现最美的还是自己园里的那株牡丹。"白先勇老先生如是说。

莲池里的那间小虎穴

"保定有座名胜古迹叫作古莲池,面积不大,有亭台楼榭,有很好的碑文,米芾、怀素、乾隆都有。这里明时为书院,清时曾做过行宫。"这是我读闻章的传记新书《小兵张嘎之父》时再次读到的铁凝关于保定莲池的描写文字。

的确,说到古城保定人文历史的核心标志,不能不提古莲花池。很多人喜欢莲池里的"水榭楼台""映日荷花""书法碑林",而我更喜欢与文学有关,残留在莲池某些角落里的历史印迹。今年读了闻章这本书之后,我又有新的发现,那就是作家徐光耀曾经居住过的那间"小虎穴"。

当年,一个十三岁参加八路军,历经战争风雨,几经沉浮的文学前辈在他血气方刚的人生黄金时代,意外受到了极不公平的对待,因政治环境的逼迫而搁笔。一个以写作为职业的人失去了手中的笔,内心空虚,精神接近崩溃——他如何拯救自己?

他想到了曾经战斗工作过的地方,想到了战争时期白洋淀的抗日组织雁翎队,和那里的淀区渔民及机智勇敢的水上少年,他们的许多传奇事迹总在他的脑海浮现。他以他们为原型写出了《小兵张嘎》初稿，他也从这个顽皮勇敢的少年身上找到了活着的希望和勇气。

徐光耀，因为创作完成了拍成电影后影响了几代人的《小兵张嘎》而走出人生低谷。他回到保定，住进莲池一间小屋，参加一个报告文学集的编写工作。

作家闻章在这部传记中为读者细细讲述，那间坐落在莲池一处荒芜角落里的小屋。那儿仅有八平方米，动物园曾用它来寄养一只生病的虎崽。刚从老家调回保定群艺馆的徐光耀在这间小虎穴里埋头写作，因为他的"张嘎子"而重新回到久违的文学战线。

我还读到，也正是从这间不起眼的小虎穴，走出了一位享誉文坛的女作家——如今中国作协的主席铁凝。正是她当年的文学启蒙老师徐光耀慧眼识珠发现了铁凝，那时的她还不过是一个十四五岁的少女。铁凝在这本徐光耀传记的序中这样写道："他非常激动，连着说了两个'没想到'，还说'你不是问什么是小说吗？我可以告诉你，你写的已经是小说了'。我受了一位大作家毫不含糊的肯定，十五岁的心被激荡起来，那晚在古莲池里故意多穿几个亭台走着，斗胆梦想着成为一个作家，并发

y

第二辑 小书大家

95

誓去追求作家所应具备的一切。"

与一本好书相遇，如精神迷途时恰逢一个引路人。之前一直以为生活的压力、文字写作的辛苦、物价上涨的逼仄，让自己有了太多的困顿迷茫，找不到努力的方向。可是除了文字、文学，我再也找不到属于自己的精神领域。直到有一天偶然遇到《小兵张嘎之父——徐光耀心灵档案》这部传记，心境豁然开朗，正如铁凝所言：收敛起一己的小悲欢，扩展胸怀去凝望满世间的山高水长。

然后，我更加渴望紧张忙碌的日子能有点空闲，再去一次古莲花池，去这处自己生活的城市的重要人文历史标志，去寻找书中的"小虎穴"，去寻找写活小兵张嘎又被嘎子拯救的文学前辈曾经居住过的地方。

一往情深又何必

从前我读萧红,以女人的角度,用女人的心思,总有些偏执和袒护,有点怨,有些憎:她一生都在深爱的那个男人,为什么就不能与她爱下去,陪她到生命的最后?

青春渐逝,历经尘世沧桑、情感起伏之后,再读一本旧版萧军著的《萧红书简辑存注释录》一书,才真正懂了当年的萧红和萧军。他们走到一起是一种岁月赋予的命运安排,而分开才是注定的、必然的。

从两个人来往书信完全看得出萧红和萧军性格迥异:一个是粗犷、刚强,大大咧咧的东北硬汉;一个是细密、多情,有着林黛玉般的诗心文采、柔弱病体,依人小鸟样的弱女子。看萧红信里尽是些琐碎和唠叨:比如不断地提醒嘱咐萧军的衣食住行,担心她的三郎不会买衣服而冻着,不会每天坚持吃两个鸡蛋而饿着,要萧军买软一点的枕头,担心他的颈椎不好。担心这,担心那,她担心得事无巨细,让人感到她的担心确实有些负担。即便多年以后,信的接收方萧军依然不解萧红这些真真切切的贴心关怀,不懂这些来自内心深处的纤细温情,反而是一味地抱怨写信人的唠叨和啰唆。

当你的柔情和深爱,成了对方的负重和厌恶,那爱,再一往情深，也是枉然。当你的爱成了他厌烦的内容，两个人的爱情就已经背道而驰，向着相反的方向快速发展，分手就成了早晚的事。当萧军觉得书信的担心多余而可笑，他对萧红的爱就到了曲终人散时。

萧军在这本书里坦白承认，他只爱史湘云、尤三姐那类爽朗、刚烈的人物，而像林黛玉、妙玉和薛宝钗那种更有心机的闺中弱质，他不愿领教。在萧军心里，萧红正是属于薛、林一类的闺中弱质。

最后的结局，注定是劳燕分飞。一怒之下，怀着萧军的孩子，萧红嫁给了仰慕她的端木。可是几年后，在香港，她一病不起。在生命最后的时光里，萧红最忆是萧军，最爱是萧军，最想见的人也是萧军。萧红渴望她爱的三郎就像多年以前，在她落难的破旧旅馆，救她于水深火热之中，又一次成为她的生命稻草。

她的"生命稻草"终没出现，萧红凄凉离世，终年三十一岁。四十多年以后，1978 年 7 月 12 日，挺过劫难的作家萧军已是白发老者，住在东直门外东坝河村，租了几间民房，在院子里栽种了百余棵花椒树，将家命名为"椒园"。在椒园的乱纸堆中，偶然发现了萧红从前写给他的四十多封信，他不禁惊喜万分！这些信，

掺杂在抄家归来的杂物中,已经几年了。他拾出这些信,把它们按日月排了顺序,从头看了一遍。其中,有的字迹漫漶难于辨认,有的纸张破碎腐烂,很难再保存下去了。于是,萧军决定把这批信用毛笔抄录一份。

萧军重新誊抄这些信,同时加上自己的一些注释和感受,大致是每天一封的速度。这是一场生者和死者的对话,一场爱人和爱人的对话,一场老人和年轻人的对话。要感谢萧军,是他为我们保住了历经四十几年,从战争到解放又经历那场文化浩劫,让我们再能看到20世纪30年代的作家萧红的宝贵书信文字,孤独、病弱,在异国他乡,渴望被爱被关怀的心情文字。

萧红爱萧军,到死都那么一往情深。在我们后人看来,那深爱无疑是镜中月、水中花,何必呢? 而答案只有一个:因为她是萧红,是一个命运坎坷爱情多舛,有着小孩子般的执拗和倔强,写作才华最被鲁迅赏识看好的女作家。

低情商毁了萧红

骆宾基的《萧红小传》、萧军的《萧红书简辑存注释录》、汉学家葛浩文的《萧红评传》，这些文中与萧红有过交集的男人都难躲情罪，爱过，更伤过她。才智太高，情商极低，毁了英年才气正旺的萧红。

文艺批评家李健吾在《咀华记余·无题》中写道，"最可怜"的萧红"好像一个嫩芽，有希望长成一棵大树，但是虫咬了根，一直就在挣扎中过活"……从故乡哈尔滨到沦陷中的香港，这就是她最真实的生活状态。

骆宾基说，端木蕻良在日本轰炸武汉时，扔下大腹便便的萧红，只身前往重庆。从婚后到去世，他基本没有履行丈夫的责任。

美国著名汉学家葛浩文在《萧红评传》中更是一针见血：在"二萧"的关系中，萧红是个"被保护的孩子、管家以及什么都做的杂工"，她做了萧军多年的"佣人、妍妇、密友以及受气包"。

萧红在日本期间与萧军暂时分开，她给萧军的书简里，尽是些对萧军日常生活的琐碎关心，嘱咐唠叨。

与她的傲人才气相比，这个生于呼兰河畔的才女作家，情商就像个长不大的小孩子。十九岁，痴情表哥陆振舜;委身未婚夫汪恩甲;一生痴情救她于水深火热中的"三郎"萧军;怀着萧军的孩子,嫁给端木蕻良;去世前,对守在身旁小她六岁的骆宾基,掏肝剖肺地回首往事。十年辗转,一路坎坷,一路情缘,后来读者一眼便知,萧红一错再错,在男女情事上,萧红就像个给糖就吃的"爱情流浪"小女孩。她半生遭尽白眼冷遇,这冷遇白眼,与生命有关,与时代有关,和男女情事关系更大。

过人的才情曾救过她,不要命的三郎救了产房里的萧红;文学巨匠鲁迅救了她垂死的文学生命;端木蕻良也救过在与三郎的爱情苦海中苦苦挣扎的萧红;最后她抱憾死在小她六岁的骆宾基怀里。与萧红的可爱、可傲、可佩相对比,她的可怜在文字背后。从一个沼泽陷进另一个沼泽,她极低的情商和她不断蹿升的才情,完全背道而驰。

再加上她生活的时代,战乱、饥饿、逃亡、病魔,这个傻傻的三十一岁才女,在生命的最后时光里,还在痴等妄想,等最爱的、早就娶妻生子的萧三郎——她生命中的最后稻草。

重读董桥的《旧时月色》

　　我非常同意董桥说过的一句话：有爱好的人会比没有爱好的人双倍地快乐，因为有爱好的人同时生活在两个世界里。

　　但是痴迷过董桥的文字一段时间以后，再次翻开他的散文集《旧时月色》时，我开始重新审视源自内心的这份"两个世界"的快乐。在几年后重新再来读董桥的文字，心境有了不同。

　　前几年，董桥的文章用它的无穷魅力使太多"阅读中人"心摄魄迷，因为那文字中尽透着大家风范的盎然古意、精美情致，清寒中飘来挡不住的股股幽香，使人实在无法闭上继续驰骋下去的阅读目光。哪怕小憩一会儿，揉揉疲累的眼眸都舍不得，恨不能一口气读完。

　　可是读着读着，自己的快乐愈来愈少，反而渐生烦恼。董桥有着父辈的荫蔽，大家族的阔绰，无论是少年读书，青年留洋，壮年著书，这样的董桥人生经历、生活品位，我辈哪能相比？不由会生出太多的自卑。自卑重了，就真的中了文字的毒，失了太多的自信、写作的勇气、阅读的乐趣。

　　"文化遗民"董桥成长在民国时期，自然有着很重的民国情结。比如他说民国时代的女孩子很漂亮，跟现在女孩的漂亮不同，那时的漂亮是很含蓄的，像宋美龄、宋庆龄，画家郁风、林海音都是。但是时代不同了，时光也不可能倒流，那些逝去的人和物终归要走进历史，我们必须承认那时的漂亮女子，她们的那种温婉含蓄、典雅高贵的气质，在今天是不可能复制的，她们只属于那个时代。

如果我们把董桥的文字比喻成"民国美女"的话，那《旧时月色》中的芬芳佳人恍如隔世。董桥笔下的文字只属于董桥，刻意地模仿和追随就有如优孟衣冠，丢了自己笔下蓬勃的朝气，束缚了自己的思索和探求，那快乐自然就少了许多。这就真像鲁迅教导颜黎民说的那样："只看一个人的著作，结果是不大好的，你就得不到多方面的优点。必须如蜜蜂一样，采过许多花，这才能酿出蜜来。倘若叮在一处，所得就非常有限，枯燥了。"

前几年，董桥的文章好到学者陈子善先生说："不能不读董桥。"不能不读，但不能读到忘了自己，忘了董桥以外的好书。天涯闲闲书话就有人说："在风花雪月里站久了，就想找件棉袄御御风寒。"我想就是这么个理儿。"棉袄味道"的文章读起来温暖，泪沾衣襟，暖心暖肺，当你扔掉它时，感觉阳光暖了，春天来了。比如读毕淑敏，就是这种感觉。

重读梁遇春

梁遇春，每当我翻开案头那本薄薄的《泪与笑》，我就想起他。一个在五四文学星辰密布的天幕上，骤然划过的一颗，让我喜欢又让我悲忧的，一个用笔向读者率真坦白的文学青年。他心地正直善良，且笔锋有些抑郁深邃。他著述不多，但是文字别具一格。他的散文即使今天读来一样让人为之一振，惊叹他思想的精辟和独特。尽管百年以后，他的文字仍然有着吸引我们彻夜秉烛夜读的巨大诱惑。

曾经，轰轰烈烈的五四文化运动带给我们民族蓬勃向上的文化新思潮，无数的青年知识分子肩负起重整河山的民族责任，奋起前行。他们有的擎起五四那颗火种

点燃的熊熊火炬，铿锵走过百年；有的因为生命的短促，稍纵即逝，像一粒小小的火星，从黑暗到瞬息光明，然后永远地留在了那个尚属黑暗的旧时代，梁遇春就属于后者。

稍纵即逝的是他年轻的生命，留下来的文字作品却成了故

纸堆里还在闪着亮光的火星。梁遇春在他短短的二十七年的人生里，用他两册薄薄的散文集《泪与笑》《春醪集》，记载见证了20世纪初期的青年对人生、对社会的认真和热情，对世俗的勇敢抨击揭露，对黑暗的无奈倦怠，还有对光明未来的无限憧憬。这些在他的文字中随处可见。

薄薄的一册《泪与笑》一气读完，掩卷沉思，满腹的话想找人诉说，又觉得比起书中语言，我的文字又会是多么的幼稚可笑苍白无力，毕竟和梁遇春隔着一个多世纪的时空距离，最后唯有一句诗词："斯人早逝书香犹存。"看着案上的另一本《春醪集》，我为他的早逝而深深惋惜。

梁遇春自始至终坚持用自己看清世界的眼睛和独立思考的大脑，去观察，去思索，去认识人生、剖析社会。一个二十几岁的年轻人，勇敢地用笔直刺当时趋炎附势、华而不实的风气，对到处谋名讨利的不良社会风气，进行无情的抨击。与那些精神麻木、随波逐流、唯唯诺诺的大小书呆子们截然不同，他坚持着自己，热情率真，努力读书，勤于思考，寻找着自己正确的人生方向。

诚然，梁遇春的散文中不免也有些枯败腐朽的时代旧气息，但那灰色的旧基调并没掩盖住他的鲜活透亮的青春，他的生命闪耀出的夺目火光。他说过，摆动于焦躁和倦怠之间的，总以无可奈何为中心。听起来仿佛悲观至极，可我们应该看到他是在当时无比黑暗的社会里，苦闷和感伤映衬着他的强烈不满和满怀期待，对新的社会形态、光明未来的眷恋渴望，还有内心的正义感，至死都没有泯灭。

读着梁遇春漫谈絮语似的文章，正像是朋友之间的促膝交谈，滔滔不绝，痛快淋漓，曲尽回肠，全无顾忌。他把自己对人生、对社会的真实体验、观察、思索向你毫无保留地倾吐，有些东西即使在今天，仍然有着深刻的意义。

捧读梁遇春的散文篇章，再跟时下的文学快餐相比，在键盘上飞舞敲打出来浮华文字的写手们，他们有谁还在用笔，用自己独特的目光和大脑，关注着思索着我们的社会、我们的周围、我们的今天和明天？又有几个如梁遇春一样，经过百年的时间考验，其文章依然在我们后来人的书案上厚厚的旧纸堆中，能被捧在手，用心来读？

第三辑　淘书苦与乐

爱上"杨晓东"

七十几岁的父亲,头发花白,身体峻拔,眼神炯炯。父亲下地干活,或人群里说话,在他们那个年龄段里,一个顶俩仨,没问题儿,谁都服气。

妈说,爸年轻时,那也是准帅哥。面目清朗,棱角分明,个头适中,再加上一手好算盘,一手好书法,村里人谁不竖大拇指,夸他是有文化的"俊爷们儿"。

如今,再用这话问他:"说得对不对?"爸一个劲摇头,拼命摆手。还是妈,继续点头称是,手指点着我爸的脑门:"你这倔老头儿,年轻时,要不是看上你这个人长得精神,肚子里有墨水儿,就凭你家的穷家底,我能进你王家门吗?"

可我爸,从不认为自己有多帅,有多精神,至于那点文化水平,更是不值一提。妈就揭爸的老底儿,一下子穿越回半个多世纪,说:"那看跟谁比,咱们整个村有几个能有你那样好的书法,有几个把几大箱子糊涂账算得一清二楚的?又有几个走出村子走南闯北的庄稼主?你心气儿怎高,老跟人家'杨晓东'比,咱们整个中国有几个杨晓东呀!"

杨晓东是谁？从我懂事开始，爸和妈的平日闲谈吵嚷，时不时地冒出这么个人儿，这么个名儿。直到八岁，我才看见从没见过面的那个"杨晓东"。

八岁，我读小学二年级。有一回，邻村要上演一部叫《野火春风斗古城》的电影，爸就喊我："三闺女，你不是老打听杨晓东是谁嘛？走，今儿晚上就带你去看看，看看咱家乡作家写的电影。"

黑白银幕上，春暖花开的公园里，一副女学生打扮的银环对长衫着装的儒雅俊朗的杨晓东说："昨天武工队出城打了个伏击，把伪军团长关敬陶逮着了！"比起晓东娘和金环的英勇就义，少年的我更喜欢男女主角同时出现的唯美画面。

那晚的黑白电影《野火春风斗古城》，爸说就是俺们何桥乡李胡桥的作家李英儒根据自己的亲身经历写的一部小说。后来小说又被拍成了电影，搬上了银幕。那电影里的杨晓东，成了父亲一生的"明星偶像"。而父亲又用他心中的杨晓东，时时影响了我，从那以后我立志读书写作。

小时候，父亲不抽烟，不喝酒，不玩牌，省下来的钱，买来很多书，有故事、有小说、有画报，其中最吸引我的就是《大众电影》。父亲总把他的书宝贝藏起来,我就趁他不注意偷偷地把他睡觉前藏在枕头底下的书抽出来,藏在衣服里躲在麦秸垛干草堆后,像只偷食鱼儿的小猫一样津津有味地把书从头看到尾。

尽管那时凭我的识字量还不能完全读懂画册中的某些文章,但画册中的"彩色插页"我最喜欢看。从那里面,我再次看见了"杨晓东"——电影明星王心刚,画报上他手捧奖杯的英俊模样。爸知道后,说:"我还是带你们去趟保定城,去看看当年真正的杨晓东——李英儒打过仗的地方吧!"

那一天,父亲赶上驴车,然后把驴车放到城里的姨姥姥家,带我们姐弟一起逛保定城。在一座叫"红星"的电影院后边,有一条古老的街道,父亲一路走一路讲,这就是电影《野火春风斗古城》故事发生地。家乡李胡桥那个叫李英儒的大作家,当年干革命,解放保定城,他的小说经常提到的地方就在这里。

父亲带我们来到旧城门口。站在古老的城墙下,他指着那虽然已经被封堵上,但依然保留着当年模样的城门——只不过城门上,变成了人民公园四个字。父亲说,电影里的金环,就从这座门进城,一步步被特务盯上被逮捕,英勇就义的。

穿街过巷,最后父亲把我们带到裕华路上的新华书店,为我们姐弟买了一本新出版的小人书《野火春风斗古城》。说心里话，那本书爸爸比我们还喜欢，空闲时就像个孩子似的跟我们抢着看，常常是看着看着就给我们讲起此书的原著——小说《野火春风斗古城》以及小说的作者李英儒，讲得最多的是与真英雄有关的逸闻往事。

父亲说：人家李作家能文会武，早先是李桥村的毛笔一枝花，写的字赛过教书先生；长大后参加革命又是一员虎将，跟日本鬼子敢打敢干，没一枪一炮，空手拉起百人的队伍，打起仗来，就像猛虎下山。谁不知道李家桥村有个叫李英儒的抗日武将，都说他有人有枪，咱家乡这片土地有他在，日本鬼子休想占领它。后来他潜入保定城，做地下斗争，李胡桥的老辈人，谁不知道？为了掩护他，那些老头老太，拼了老命，轮换着吃饭，守在藏着李英儒的用棒子秸秆作为掩护的井窖旁，一守就是好些天。父亲讲到精彩之处，我们姐弟听得都分不清哪个是故事中的杨晓东，哪个是写故事的李先生。

我还忘不了，爸常说的那句心里话："嘿嘿，你爸要不是这手毛笔字，能识点儿文断点儿字，你妈她早被保定城里的姨儿做媒嫁给城里的文化人。哎，俺年轻时就沾了文化的光，可俺咋能跟人家杨晓东比，天上地下差远了！"

长大以后，我离开家乡，为了心中的文字梦，行囊里塞进几本书一支笔，带着爸的浓情一生的杨晓东情结，来到保定城。工作之余，拼命读书，认真写作，累的时候，我就会想起爸的那句话："咱，拿什么跟人家杨晓东比？"

《知堂书话》破镜重圆

我家先生爱藏旧书,如醉如痴。受他满屋子书香浸染,我也爱上了他的这些旧书"宝贝"。每次从旧书摊淘得一本好书,虽破、虽旧、虽残,他巧手去污重新包装后,我都抢来先睹为快。

今年初春,先生从旧书市场购得一本周作人著的《知堂书话》,包装后和我共赏。我们一下就被知堂老人淡泊的文笔、广博的学识所吸引。这本好书是岳麓书社二十几年前出版的,市面上已很难找到。只可惜我家先生只淘到了全套上下两册中的上册,先生不无叹息:破镜半张,没办法通览全书。

从此我就盼星星盼月亮似的盼着先生淘书时能出现奇迹,尽快买到下册,让这套《知堂书话》破镜重圆。

先生为了圆我们俩的这个梦,每日工作之余,骑上辆破单车跑遍古城的大小旧街巷,但凡卖旧书的地方都留下了他的浏览旧书的身影。先生告诉我:"不抛弃,不放弃,总会找到另一半!"我调

侃他，戏谑他是《知堂书话》的"红娘月老"，但心里更期待这套书早日"破镜重圆"。

先生的痴迷执着同样感动了古旧书市场的朋友，大家纷纷帮他这个忙。一天大清早，手机铃声大响，一个李姓朋友终于找到了《知堂书话》的另一半，先生高兴得顾不上吃早饭，揣上钱骑上单车直奔旧书市场。

"《知堂书话》破镜重圆喽！"先生像个孩子似的，将两本书合在一起，重新包装后，给这套书重新安排在书架上。读完这套破镜重圆的《知堂书话》，我深深为周作人书中博大精深的语言文字所感动，当然更为爱人为书痴、为书狂的那份执着精神所感动。

《莲池》：那个文学的摇篮

从青少年时起，我就对一本叫《莲池》的文学刊物情有独钟，骨子里的文学启蒙大概也源自这里。因为从这里我认识了深深热爱的前辈作家孙犁，了解他散文化的小说意识形态，和他的"荷花淀"一系列小说。

十九岁，我像孙犁当年一样，做了村小学的一名教书先生。繁重的教学任务，让我很难抽身继续自己的文学创作梦想，只能在寒暑假或繁忙的农活之余，四处搜集小说、散文、诗歌等文学书册，抽空来读。

秋天的某个日子，应朋友之邀去保定城，一起逛城里的旧书摊，一元钱，顺手就把自己千思万想的文学刊物，一本1983年的旧《莲池》，喜洋洋地抱回家。姐姐们追问我从城里买回"啥宝贝"时，我把那本一路抱回的旧《莲池》从书包里拿出给她们看。她们从满怀期待到满脸不屑，指着我的脑门，哼哼愤愤："你就是个书呆子，书，还是你自个儿拿去看吧！"

当时，我怎么也没想到过，在古城保定，这本地市级的文学刊物，就像一个小小的摇篮，扶持、发掘出了中国第一位诺贝尔文学获奖者莫言。自己当年从这本小小的刊物上读到的《民间音乐》，作者就是如今已经走向世界文坛的莫言。

想当年，翻读那本过期旧刊物，读完那篇《民间音乐》小说的结尾后，意犹未尽。痴迷民间音乐的盲少年，带着他的民间乐器，拒绝了小镇女店主的收留。少年眼瞎心不瞎，执意离开，就像他的音乐一样干净，不掺杂任何烟尘污浊。少年爱音乐胜过自己，悲哀中的小倔强，让我想起了贝多芬。文字中，盲少年那无声的音乐，和大音乐家的乐曲一样，洗濯着世人心灵中的层层污垢。

这正是孙犁先生的笔法，独绝、空灵、唯美，小说的文学生命，绝对经得起时间考验。

果不其然，第二年，孙犁先生在《读小说札记》的第一节中，发表了他对莫言的小说《民间音乐》的独特评价。今天读来，前辈孙先生不愧有大家眼光。他的锐利在他的那个时代，绝对是空前绝后。

孙犁先生写道："去年的一期《莲池》，登了莫言作的一篇小说，题为《民间音乐》。我读过后，觉得写得不错。他写一个小瞎子，好乐器，天黑到达一个小镇，为一女店主收留。女店主想利用他的音乐天才，作为店堂的一种生财之道。小瞎子不愿意，很悲哀，一个人又向远方走去了。事情虽不甚典型，但也反映了当前农村集镇的一些生活风貌，以及从事商业的人们的一些心理变化。小说的写法，有些欧化，基本上还是现实主义的。主题有些艺术至上的味道，小说的气氛，还是不同一般的，小瞎子的形象，有些飘飘欲仙的空灵之感。"

今天，翻开这本珍藏多年的1983年的旧文学期刊《莲池》，感觉那盲少年从当年的小小摇篮里向远方走去，又突然以诺贝尔文学奖的获奖者身份向我们走来。

旧书摊淘得才女赵清阁的《白蛇传》

"白蛇传"是一个在民间流传已久的优美动人的人蛇相恋的神话故事。

在乡里民间百姓的街谈巷议中,《白蛇传》出现的形式大多停留在电视剧、电影、戏曲舞台上,上升到文学形式,也只是属于民间传说一类。而说到关于它的小说创作,就不得不提两位知名作家,一位是鸳鸯蝴蝶派代表张恨水,另一位就是具有男儿性情的才女作家赵清阁。而赵清阁创作的小说《白蛇传》影响远远超过张恨水。

《白蛇传》是中国四大民间传说之一,它起源古远,流传广泛,经不断演绎、丰富、完善,终于由瓦舍勾栏内书会才人编就的人蛇结合的志怪故事,衍变为优美动人的经典爱情作品,堪称中国民间文艺发展史上的典范。

而赵清阁这个名字,我是从偶然在书店买到的一本张彦林撰写的女作家传记《锦心秀女赵清阁》中得知的。赵清阁就读于著名的上海美专,先后拜刘海粟、齐白石为师,得到两位画坛大师的亲授。这是位集画家、编辑、剧作家于一身的才女作家。尽管与她同时期的才女作家走马灯似的得到后人瞩目,比如林徽因、萧红、张爱玲、苏雪林等,赵清阁却总在读者视野之外。写赵清阁生前身后的文章很少，偶尔读到，也是或多或少地牵扯到她和老舍之间一些惹人眼球的旧情往事。因为喜欢藏书，我更注重这位民国才女的文学作品。

正因为知道赵清阁的读者少之又少，所以在市面上很难看到她旧版本的文学作品。偶尔在一些女作家的作品选里，可以读到一两篇她的小说作品，但与她同时期的才女作家的文学作品却比比皆是。我的旧书架上，光民国才女作家的作品集就不下六十本，而赵清阁的作品却是一项空白。

为进一步了解这位锦心秀女民国作家，我跑遍我所生活的古城的大小书店、古玩市场、旧书报摊。功夫不负有心人，在一个周末的下午，我骑车路过一菜市场，见一戴老花镜长者守着一个旧书报摊，坐在马路边捧一本老年杂志认真阅读。我习惯地停车凑上前，从左至右，从上到下，细细用眼寻找，没想到正应了那句话"踏破铁鞋无觅处，得来全不费工夫"，一本赵清阁著的1956年出版的《白蛇传》被我用一元钱买回家。

偶尔上孔夫子旧书网，同样的一本《白蛇传》网上拍卖价居然达到一百八十多元。我倒不是为这本书的升值而高兴，我高兴的是终于填补了民国才女作家赵清阁作品的收藏空白。有时间我一定继续寻找第二本、第三本……我相信只要用心收藏，一定会寻得到。

旧书摊再淘赵清阁的《梁祝》

前些年,在一旧书摊,花一元钱廉价买到一本民国才女赵清阁的小说《白蛇传》。欣喜之余,念念不忘她改编自民间传说的另一本小说《梁山伯与祝英台》。把这一心思告诉我家先生,喜欢逛旧书摊、爱淘旧版小说的他记住了才女赵清阁这个并不常见的名字,和她的小说单行本《梁山伯与祝英台》。

没曾想,一本品相极好的赵清阁著、戴敦邦设计封面的1982年重版《梁山伯与祝英台》小说,被我家先生只花几块钱从旧书市场的故纸堆里淘得。拿回家问我是不是这本,我说没错,正是,上海文化出版社再版的。

青春少年,有着大把的光阴,何占豪和陈钢创作的小提琴协奏曲《梁祝》,伴随我走过花季雨季;越剧小百花《梁祝》的服饰、唱腔也曾深深地打动了我。倾听观看,泪湿衣衫,冲动和激情过后,更渴望文字《梁祝》。

小说形式表现梁祝爱情的,我目前已见著录的仅有四部,其中民国时期两部:载于《民国时期总书目》的《梁山伯与祝英台》(周维立校阅,文益书局1937年7月出版);《梁山伯祝英台全传》,又名《梁祝姻缘》,尚古山房出版。新中国成立以后出版了张恨水的长篇小说《梁山伯与祝英台》和赵清阁的长篇《梁山伯与祝英台》。

梁祝故事传说迄今已有一千余年的历史，被称为"东方的罗密欧与朱丽叶"，与孟姜女、白蛇传、牛郎织女并称四大民间传说。和其他三大民间传说不同的是，该传说中的主人公历史上确有其人，梁山伯是东晋时的一个地方官，为政勤勉，后葬于宁波鄞县(今宁波市鄞州区)。

现如今很少有人记得赵清阁的名字，即便略知一二，必是与文坛大家老舍联系在一起，更侧重于那些如烟往事中儿女私情，对于赵的文采很少提及。其实抗战时期赵清阁的名气在重庆非同一般，赵清阁眉宇清朗，具有男子气概，是一气质忧郁、性格倔强的女才子，能写会画，写话剧、小说、时评，才气不输老舍。许广平说她"学生气很浓，缄默文静"。郭沫若曾为她写过一首五绝："豪气千盅酒，锦心一《弹花》。缙云存古寺，曾与共甘茶。"

有人回忆："20世纪40年代初，赵清阁年华似水，笑靥如花，快活得像出笼黄鹂。当她与老舍牵手走过公园桃林，她一定没有想到，此刻的光阴，会成了她沧桑一生中'一滴幸福的琼浆'，而且是唯一的一滴。"终生未婚，陪伴她走过孤单岁月的是老舍先生的书信和一副老舍写的嵌名寿联。

《白蛇传》《梁山伯与祝英台》，两部小说讲的都是爱情传奇，读过之后，再也无法挥去隐藏在文字背后，萦绕在民国才女赵清阁内心深处，那份顾影自怜的憧憬与期待。

三遇赵清阁再淘《杜丽娘》

一遇，是无意。小巷口，菜市场，寂寥无人光顾的旧书摊，白发老翁戴着滑至鼻尖的老花镜，坐在马扎上困倦打盹。在他处幸得那本《白蛇传》，品相好价钱低，要价两块，还价一元钱，却从此铁鞋踏破四处淘书，就想再遇赵清阁。

再遇赵清阁，还得感谢"淘书迷"老公，可以说没有他的帮忙，就没有旧版小说《梁山伯与祝英台》。他总是喜欢披星戴月，周末早早地去旧书市场，占据最佳位置，就等旧书摊老板摆好摊子，解开塑料袋，之后便与那些痴迷藏书的书迷，仿佛"饿虎扑食"一般，抢那些已经泛黄变旧，沉寂许多年的旧书宝贝。那本戴敦邦设计封面的《梁山伯与祝英台》正是他的"战利品"。不问多少钱，一看是赵清阁的旧版小说，已经喜不自禁。

后来，特意去一书市，在一大堆花花绿绿的畅销小说中，碰到一本"掌上书"，小开本赵清阁的《牡丹亭》，拿回家给老公看，他说新版看着漂亮，可怎么看都无法与旧版赵清阁小说相比，虽然《白蛇传》与《梁山伯与祝英台》旧了些，可依稀能看到就是民国女子的情致和韵味。掌上《牡丹亭》序中说原来的版本名字应该叫《杜丽娘》，

1957年再版。

如今，即便披星戴月，即便踏破铁鞋，赵清阁的旧版小说也是难觅影踪，无奈之中想到"网淘"。谁说无觅处，孔夫子旧书网，品相不错的也不过十来块钱，不必再等老公跟那些旧书群狼去抢食了，邮局汇款，就等快递来送书了。

三遇赵清阁，网购旧版小说《杜丽娘》，1957年7月第二次印刷，印数30001—60000。版本不算珍贵，价钱也不贵。封面设计典雅大方，一看正是国画大师傅抱石的国画写意：几条垂杨，一枝梅花，一袭红装的俊小生翘首以盼，正应了牡丹亭杜丽娘和柳梦梅的故事。右上角毛笔题写书名：赵清阁著(小字)杜丽娘(大字)。翻翻书里，亦有插图。

不断地从网上搜寻有关赵清阁的各类尘封往事，我得知这位曾经才华横溢且美丽情浓的民国女子，守着一

份恋情终身不嫁，得知其实那一辈的文坛旧人大都知道老舍与赵清阁间的感情故事，只是出于对当事人的人格尊重尽量避开不愿去多说多谈。

欣赏过青春版的昆曲《牡丹亭》视频片段后，再细细读过几本关于《牡丹亭》的小说，在华丽

唯美的舞台背景深处，我更喜欢赵清阁用她清雅秀丽、脱俗干净的小说文笔，编织杜丽娘和柳梦梅的生死之爱。其实用不着太多的文字史料追根渊源，无论小说《白蛇传》，还是小说《梁山伯与祝英台》，或是《杜丽娘》，我们都能从其字里行间，读出隐藏在作者内心深处极为丰富的情感内涵。

　　捧读赵清阁旧版小说，哪一本都爱不释手。喜欢靠着自己浅薄的文学想象力，在脑海不断素描勾勒出那位男人气质、女儿柔情的民国才女的背影轮廓，近了，远了；远了，又近了。

书摊寻珍

1998年，从乡下来到保定。当时接近而立之年的我，拖着大好青春的小尾巴，仍然未曾放弃读书的嗜好，在这个北方小城，开始我的生活新天地。

因为口袋里的钱不多，尽管也眼馋新华书店里的那些精装全套中外文学各类丛书，可我一个从乡下来城市谋生的穷女子，连个像样的工作都没有，哪能随便乱花兜里的那点钱呢？再说到了我这种年龄的女子，成熟以后，再也不像二十出头的小姑娘那样大手大脚，我们知道如何省吃俭用。

打工赚钱最重要，后来我在一家私立幼儿园做事，有了一些业余时间，终究无法抗拒读书的内心诱惑，假日里第一时间就是去买书。不能去书店，那里的书太贵，我的工资承受不起，最好的办法就是买二手书，买人家淘汰不看的旧书。新旧不重要，关键是书的价钱要便宜，能承受得起。

当时保定的旧书市场还在体育场西边的古玩一条街上，在著名的钱红游泳馆旁的一条护城河沿上。每逢双休日，长长的一溜，除了古玩字画就是旧版图书杂志。来回走走停停，转转看看，翻翻书，问问价，每次总能搜罗到自己想看的便宜好书。记得那
时候，买得最多的就是五四时期的
名家小说散文。书虽说旧了些，可
是里边的内容极少出现错字。

我的读书梦终于实现，原来在
乡下一直渴望能读到鲁迅、冰心、
叶圣陶、巴金等大家的作品，如今
在地摊的书堆里都能寻得到，甚至
还能找到当年的最初版本。在这里，我还淘到自己从未
读过的沈从文、张爱玲、林语堂、梁实秋的文字作品。我仿佛
一个沙漠旅人，终于找到了自己向往已久的精神绿洲。

当读过大量文学作品以后，我的兴趣逐渐转移缩小
到经典绝版上，"物以稀为贵"。当时我并没有料想到这
些书多年以后的潜在的升值空间，只是因为喜欢，所以
常常就在一堆残破发黄的旧书里翻找属于自己的"稀世
珍宝"。20世纪末，并不像现在有这么多的藏书爱好者，
找到一些好书初版本并不难，且价格也不贵，常常几块
钱就能买到一本民国时期或解放初期的老版本，比如鲁
迅小说的单行本，比如本地作家李英儒、孙犁的小说成
名作，比如一些名家的书信集。

更让我高兴的是，在一些旧书废纸堆里，花几角钱
竟能买到一些戏曲名家的原剧本，甚至一些正规剧团里
使用的带谱子的原唱腔、唱段的手抄本，比如北京宝文

堂20世纪50年代出版的《甘露寺》、中国评剧院的新凤霞版的《花为媒》、河北梆子《三娘教子》等等。最可贵的是五角钱就买了一本严凤英版的《天仙配》,一些经典的戏文有时候胜过那些大部头文学名著。

如今,上网再看自己十几年前淘来的旧书,随着价格的不断攀升,真正成了"书中珍宝",当年五角钱的旧剧本,价格竟然飙升上百倍。看着自己书架上的几千本旧书,常常有种别人感受不到的那份充盈和幸福。

旧画册里藏珍邮

少年时，自己就是一个"准集邮迷"，不过由于自己的家境并不十分富裕，因此所有邮票藏品，只限于从邻居和亲戚朋友那里讨来的，印有邮戳日期的旧邮票。从"8分"到"2角"再到后来的"8角"，稀有珍贵的也有几张，比如关汉卿的，比如伟人头像的，比如花鸟虫鱼的绘画作品，但却没有一整套的。

后来，由于互联网的普及，写信已经渐渐淡出人们的生活，我的集邮之路也就随之搁浅。但是自己对收藏的爱好丝毫未减，从参加工作那天起，我就又把收藏定格在古旧书籍上。收藏，倒不是为了藏品的增值，而是让自己拥有一颗艺术的心灵、一双欣赏的眼睛，仅此而已。

记得是初秋的一个周末，一个让心情都变得格外开朗的好天气，我穿梭在旧书市场的旧书摊前，四下里寻找自己心仪的好书，内心觉得有一种美好总在暗暗生长。

其实那天口袋里的钱并不太多，只有十几块钱，还不够一次快餐的花费。自己必须精挑细选，认真砍价，才能满足自己买书的需求。

在一家旧书摊前，我停下了自己的脚步。这里除了我这个唯一的"书客"，很多买书人几乎连停下看的意思都没有，因为摊主面前的那块塑料布上摆放的大多是20世纪70年代末80年代初的一些旧文学杂志和一些没有什么增值潜力的旧书籍。能令旧书收藏者眼睛放光的大多是那些民国、"文革"时期的增值很快的初版书、旧版书、毛边书。

我喜欢一个人慢慢地挑，在别人不注意的地方选择适合自己读的旧书，一则这里书价格不会太贵，二则或许自己会碰上什么漏网之鱼。在书摊极不显眼的角落里，几本摞起来的旧书最下面，我发现了一本书脊写着《徐悲鸿素描》的美术画册。就是它了，书是重版，并且品相也不太好，封面右下角缺掉一大块，可是一问价，老板要八元钱，于是我趁着这书摊无人问津的当口，狠狠地杀价。老板也看出我买书的诚意，最后我竟以三元钱的价格买到了手，心里别提多高兴了。

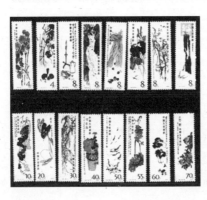

可更高兴的还在后面。晚上，同样爱好藏书的先生帮我装订旧书的过程中，无意翻了一下，才得知自己三元钱买回的旧书里，竟然夹着一整套《齐

白石作品选》与一枚小型张，一套世上稀有的邮票珍品。

很早就知道齐白石先生是我国唯一荣获"人民艺术家"和"国际和平奖"的国画大师。他擅画花鸟画，其作品笔墨大胆，酣畅淋漓，色彩鲜明，形象天真。查资料才得知这是1980年发行的《齐白石作品选》，设计和制作极为精美。此套邮票为十六枚加一枚小型张，票面设计细长，集齐白石绘画之精品。这套邮票中的"菊花"和"白菜蘑菇"是"面筋"，存世量较少，因此，仅"白菜蘑菇"一枚市价就达一百二十元以上。这套邮票另一个亮点是它的小型张印制十分精美，一边是白石老人画的名为《祖国万岁》的万年青，另一边是当代著名人物、画家范曾用白描的手法画的齐白石肖像，齐白石也因此成为第一位登上邮票的当代中国画家。

如今面对这套市场价已涨到千元的邮票珍品，我喜欢把它当成绘画艺术来欣赏，更希望把它当成搁浅多年的集邮爱好的一次"圆梦"。我终于有了属于自己的整套原版邮票。

三十年后,巧遇黄胄插图版《小兵张嘎》

假日里在旧书市闲逛时,看见一本旧版儿童读物,眼前一亮,惊诧至极。翻开插图,哇哦,赶紧掩口,这本竟然与三十年前自己书包里的那本一模一样。最后只花一元钱从旧书摊上淘得,重新翻开此书,小嘎子一下子就回到了眼前:

十来岁的孩子,满脸嘎样,浑身嘎劲儿。头一回遇到"敌人",就想着法子和人家斗一斗,拿着硬枣树刺儿,扎破了人家自行车胎。听说罗金宝用笤帚疙瘩夺下了汉奸手中的枪,就想冒险一回,灵机一动计上心来,掏出身上的木头手枪顶住"敌人"后腰,一心要夺下人家手里的"真家伙",没想到眼前的"敌人"正是化了装的八路军侦察员罗金宝。嘎小子的机智勇敢引起了侦察员的注意,后来就被带到军区小队当了一名雁翎队的小兵。

三十年前,我还是个毛头小孩,正读小学,书包里一本插图版《小兵张嘎》是同学们争相借阅的"课外宝贝"。那时孩子眼里的,更多的是和胖墩摔跤咬人、上房堵烟囱、上树藏枪等调皮捣蛋的"嘎人嘎事"。

启蒙读物的影响是一生的。喜欢嘎子,更加关注嘎子背后的创作故事。最近在一本新出版的作家传记《小兵张嘎之父》中读到，著名作家徐光耀回忆说，自己血气方刚的人生黄金时代，被当时的政治环境逼迫搁笔，受到了极不公平的待遇。一个以写作为职业的人失去了手中的笔，内心空虚，精神接近崩溃，他将如何拯救自己？

他想到了曾经战斗工作过的地方，想到了战争时期白洋淀的抗日组织雁翎队。无数的淀区渔民，无数机智勇敢的水上少年、侦察英雄，他们的传奇事迹总在他的脑海浮现。徐光耀写以他们为原型的小说《小兵张嘎》是成竹在胸。作家一支笔写活了小八路张嘎子，从嘎子身上又看到活着的希望和勇气。

中国少年儿童出版社于1962年5月出版了中篇小说《小兵张嘎》，林楷为之插图十五幅。这是该书的第一个版本。初版之后，该社又出版过黄胄插图的版本，多家出版社出版了连环画本。我手里的这本，正是黄胄插图版的《小兵张嘎》。

想想现在，再也不可能有像黄胄那样的知名大家为一本小小的儿童图书画插图了。带孩子逛书店，满眼的儿童读物，书中插图越来越有"哈日哈韩"漫画趋势，很难寻找到有中国传统国画特色的书了。

有《小兵张嘎》文字陪伴的童年是快乐的，能读到国画大师插图版的儿童读物亦是一种幸福。三十年后因为喜欢藏书，再次与之相遇，冥冥之中，正是某种命运的巧安排。

聚散依依张守义

前些年，我们并没有太在意家里的外国名著藏书，有人来借书看，就有意识地给人家抽本外国小说，以为那些书，不如中国的金贵。人家拿走，爱还不还，反正也不珍惜。在我们几千本的旧藏书中，与中国各类古典书籍比起来，外国文学名著实在不算太多。小巫见大巫，它们就像陪衬角色，天女散花一般，散落在各个书架的边缘角落。

今年春天，先生无意中从旧书冷摊上，几块钱淘来两本残缺的《张守义外国文学插图选》，然后相互对照整理散落在书架各处的旧版外国名著。不看不知道，一看张大了嘴巴，大吃一惊。码了整整一层书架，一半以上的旧书封面装帧设计者，竟然是一个人：张守义。再想起被人家借走不还的那几本，啧啧啧，心疼得肠子都悔青了。不然的话，光看那些封面和插图，都是一种美的享受。

我明明记得，人家借走没还的那本小仲马的《茶花女》，小说的封面就是黑白分明相框形式的女子剪影，一个美丽纯洁的、有头没脸的姑娘头像。一查《张守义外国文学插图选》那本书，没错！装帧设计正是张守义。幸好，还有没被借走或借了又还回来的相当珍贵的另外几本，比如在欧洲教堂背景下的神父黑白画的《巴黎圣母院》，剪影素描版的《简·爱》，用手稿和台灯素描构成的《贝姨》。《巴黎圣母院》是老公上高中时，省吃俭用买下来的第一本外国名著。《简·爱》是我的"初恋"送给我的纪念，是舍不得借给别人看的好书。而《贝姨》我从来都没翻过。

恍惚中还记得，邻居家的少年软磨硬泡地抱走了蓝背景下低着头的白色美人鱼《安徒生童话》。封面是孤独骑士的《堂吉诃德》被某个同学打了声招呼就顺手牵羊了。封面是跪坐的女子的《世界神话选》被一个小孩妈妈拿走了。还有《拉封丹寓言》和《悲惨世界》，到底谁借走了呢，我也实在想不起来了。倒是一本泰戈尔的《吉檀迦利》，因为当年迷上写诗，向人家要了几回，人家不高兴地还回来，不过从此很少再来往了。

当然，在后来不断淘旧书的过程中，没有遇到自己特别想要的书，又恰好口袋里还有些钞票时，三块五块十块八块，也捎回一些名著：比如普希金的诗集，比如那不为人知的《小鞋匠》，比如《捷克民间故事———强盗的未婚妻》。而这些书竟然都是风格独特的"张守义"黑白画封面。记得刚结婚时，实在穷，在一家旧书店也看见过一套一盏灯封面的《巴尔扎克全集》，因为囊中羞涩，没有把它买回家。

如今一看到《张守义外国文学插图选》中的巴尔扎克，就又想起那套全集。据说那是张守义先生最得意之作，封面不是传统的作家头像，而是一盏灯，灯的后面是巴尔扎克的部分手稿。张守义给读者解释说，这盏灯就是巴尔扎克。封面设计创作前，张守义阅读了大量相关资料之后，知道巴尔扎克的写作时间都是在晚上，白天则用来睡觉和社交。巴尔扎克自己有个小账本，上面详细记录了每本书创作过程中所耗费的灯油。

丰子恺与《爸爸的画》

　　丰子恺，在我收藏的旧版漫画书籍中，他的作品比重相当大。最近从旧书店又淘到了两本丰子恺之女丰一吟的《爸爸的画》，书中最吸引我的不是画家的那些大作，而是丰先生所作的画中最早的一幅，名为《清泰门外》。

　　《清泰门外》是丰子恺于1918 年在杭州的浙江第一师范学校求学时所作。那时，从日本留学归来的图画音乐老师李叔同，也就是后来出家的弘一法师，崇尚写生画法。丰子恺经常与同学三三两两地去街头巷尾画速写。民间生活一向是他喜欢的题材。突然有一天，一老一少，一下子就引起了他的注意，他就拿起画笔画下了他们的姿态。丰子恺在杭州求学时名字叫丰仁。这幅画的署名便是一个"仁"字，模仿图章的式样。

　　美术老师李叔同注目于丰仁的画技，多次勉励他朝着这方面发展深造。1919 年丰子恺毕业于浙江一师，两年后，听从恩师李叔同的教诲，东渡日本进修美术和音乐。他从日本回国在学校执教图画音乐时，开始致力于漫画创作，创出了自己的漫画风格。

相比于丰子恺画技成熟以后的作品，比如他后来画的《锣鼓响》，《清泰门外》更显青涩和稚嫩，画幅中同样的一老一少，与学生时代的作品一比，人物的神态活跃得多了。"锣鼓响，脚底痒"，小孩子一听到锣鼓的响声，兴奋极了，拉起奶奶的手就跑……寥寥数笔，活生生的气氛跃然纸上。那小孩就画了一张嘴，没鼻子没眼，却更显生动。

据丰一吟回忆说，《清泰门外》这幅画实在来之不易。杭州老画家沈本千是丰子恺在浙江一师的同学。这幅习作就夹在这位老同学在学生时代使用过的一本旧教科书《透视学》中。经过六十年的风风雨雨，老先生偶然打开书，竟然发现有两幅铅笔素描：一幅画的是杭州清泰门外一妇人牵一孩子的情景；另一幅画的是一个人力车夫在打瞌睡。两幅署名"丰仁"的速写画安然无恙地躺在那里。其中《清泰门外》是现存的丰子恺所作的画幅中最早的一幅。

不慎遗失的经典

　　我和先生是两个十足的"藏书迷"。正所谓"人穷书富",家里除了书架上、书橱里、书桌上的各种藏书,再也没什么值钱的东西。从古典到现代,从文史哲类丛书到画史、画刊、画册再到各种旧版杂志,以及一些名家旧版小人书,这些书籍珍宝包含了我们夫妇十几年来太多的心血和汗水,那绝对不是以今天哪本书的增值能衡量的。藏书过程的苦与乐、喜与悲,只有我们自己最清楚。藏书过程的高兴事自不必多说,其中因为疏忽大意而留下的遗憾,常常让我们俩唏嘘不已、寝食难安。就拿那本不慎遗失的旧版赵宏本、钱笑呆创作的小人书《孙悟空三打白骨精》来说吧,自从搬家不慎丢掉那本小人书开始,我们再也不收藏小人书了,省得心理上老是过不了那道"伤心的坎儿"。

　　我们这样出生于 20 世纪 70 年代初的中年人有着一种相当浓厚的"小人书情结"。我们的童年时代,还不知道电视、电脑为何物,我们的精神文化产品就是小人书。那时候的我们,谁书包里有小人书谁就是孩子王。最值得小孩拍胸脯充门面的,就是一句"走! 到我家去看小人书去。"物以稀为贵,如今小人书成了收藏新宠,价格几乎十倍百倍地往上翻,特别是那些名家名作。就拿我们丢失的那本《孙悟空三打白骨精》来说,那简直成了连环画拍卖市场上的大角色。据前几年的报纸报道:一本1964年人民美术出版社出版的《孙悟空三打白骨精》从两千元起拍,经数次竞拍后,以六千五百元成交;而另一本1979年吉林某出版社出版的《孙悟空三打白骨精》,从四千元起价,被一名来自长春的收藏者以五千五百元一本竞得。

　　说起不慎遗失的这本小人书,并不是我们在旧书堆里花钱淘来的,而是家里的老人在整理收拾旧物时,偶然在我们小时候用过的一堆废旧书本里发现的。当得知我们喜欢收藏这些“旧书宝贝儿”,他就精心收起来这本小人书,用牛皮纸包好,当礼物赠送给我们的。记得当时从老人手里接过来的时候,我们那股兴奋劲儿,就像回到了我们的童年时代,逢年过节从父母那里得到了我们最想要的宝贝。可是一次搬家就……

　　想当初一角多钱一本的小人书,如今也被卖到成百上千元了。听

一位经常光顾北京潘家园的藏书朋友讲："北京有个收藏连环画的'连友'一次手里托着一本人民美术出版社1964年第一版第一次印刷的《孙悟空三打白骨精》，激动不已。那本薄薄的小人书花了他三千元钱。"

　　而与那本价值三千元同样的一本，竟在我们手里因为疏忽大意而不翼而飞。是搬家时被识相明眼的人"顺手牵羊"，还是裹进那堆废旧报纸书本里当破烂贱卖掉了？两个忙得晕头转向的书呆子不得而知，反正从第一本藏书翻到最后一本，也没见《孙悟空和白骨精》的身影。丢了心爱的小人书，除了自责和遗憾，就是对家里老人的一份深深歉疚。

藏书里的"新凤霞和吴祖光"

受我母亲影响，我是个十足的"新凤霞迷"，迷恋她的"新派疙瘩腔"，从小喜欢收集她的卡带和唱片。爱上淘旧书那天起，我就把搜集新凤霞写的书，当成一个大任务完成。如今我家的书架上，不光有很多新凤霞自己的著作，还有吴祖光、吴欢、吴霜写的有关回忆新凤霞的各类书籍。

这些书里，我最喜欢的内容就数"新凤霞自己找婆家"了。每读一次，似乎都能看见一个至情至性的"真人版刘巧儿"。

我嫁给你，你愿意吗？年轻的新凤霞，像她唱的评戏里的刘巧儿那样，要自己找婆家。新中国成立后，唱戏的艺人大翻身，经过作家老舍的牵线介绍，新凤霞遇上了剧作家吴祖光。

一个是从天津卫来到北京天桥唱戏的"建国第一美女"，一个是从香港回来的知名导演剧作家；一个是一天书没念过的文盲，一个是满腹经纶的书香子弟，冲破各种阻力，两人闪婚结成秦晋。

就像黄宗江老先生说的那样，是王母娘娘，还是玉皇大帝，把两个神仙眷侣，贬到人间，让他们在人世间历尽苦难，但是他们的心却紧紧相连,相亲相爱,俩人真是天作之合的一对儿。

这些书中,新凤霞的那本《少年时》捧起来,我就不想放下,常常凝视着书名下边的那方俏皮的"吴祖光"玫瑰红印章。一枚小小的印章,是这对才子佳人留给读者和观众最好的爱的见证。

他们的岁月甜短苦长,到1957年,一个被打倒,一个被离婚;一个被关押,一个被逼去挖防空洞,但是他们的爱却没被阻断。

他们的儿子吴欢后来回忆:在政治环境极端恶劣的时候,父亲吴祖光给母亲新凤霞写下"春风浩荡好吟诗,绿遍天涯两地知,看取团圆终有日,安排重过少年时"一诗。

"安排重过少年时",在"文革"即将结束的1978年岁尾,一代评剧皇后新凤霞却因脑血栓突然倒下,从此瘫痪。

"文革"后,看着同时期的艺人纷纷重返舞台,视戏如命的新凤霞,绝望至极,一度不想活在世上。这时,吴祖光重新给自己定位,做她的看护夫,一口口给她喂饭,一点点帮她翻身。她哭时,他说:"不许哭,哭有啥用?"他做了妻子后半生的导师:教她写文章,鼓励她拿起画笔。写文章时,他给她当文章的编辑校对,有了满意的绘画作品,他给她题诗写字。直到晚年,他们仍然配合默契。妻子写书,丈夫写序题跋;妻子画画,丈夫题字写诗,演绎着他们忠贞不渝的"霞光之恋"。

"我要对你一生负责!"婚前吴祖光说过。婚后,遭受艰苦磨难时,吴祖光写诗给妻子:"安排重过少年时。"从妻子写作绘画到常州突然离世,吴祖光就像新凤霞这本《少年时》封面上的那一方小印章。从常州书香门第走出的才华横溢的吴氏少年,中年以后牵着自己心仪一生、完全融入自己生命的走下评剧舞台的"小凤",一路坎坷,一路艰难地走向生命尽头。

当妻子离世后,吴祖光的世界突然坍塌,没有新凤霞的日子,他哭成泪人以泪洗面,然后迅速衰老痴呆。阴阳相隔五年后,同月同日,这对新中国文艺界人人称羡的神仙眷侣,终于在天堂相遇。

名著里的插图

曾有一画家说过:"插图是文学和绘画的宁馨儿,它是文与画的有机结合,血肉不分,画中有诗,诗中有画。你中有我,我中有你。文学为插图提供了依据,插图以形象丰富了文学。"

前些年,一本黄胄插图版的梁斌写的旧版小说《红旗谱》,让我知道了黄胄与梁斌兄弟情深的真实历史。此后,我就开始着手收藏画坛大家做过插图的旧版文学书籍。没想到无意中竟发现家里书橱里的老版文学名著中竟然藏有许多幅名人大家的手笔。

先是几个版本的《红楼梦》,小说也好,画册也罢,程十发、王叔晖、刘旦宅、戴敦邦、韩羽悉数找遍。相互比较,各有千秋。刘旦宅的《黛玉葬花》、韩羽的《冷月葬诗魂》是我最为欣赏的两幅,读过无数遍《红楼梦》原著文字后,更加喜欢曹雪芹心血铸就的那首《葬花吟》。

《水浒传》中,我喜欢戴敦邦版本的一百单八将,我认为戴敦邦的英雄好汉更加贴近原著。他画一百单八将,从服饰到面部表情,从武器到动作无一雷同。以致后来戴敦邦画的好汉形象竟能与电视剧《水浒传》中人物对号入座。

而说到当代小说，我更青睐家乡作家的小说，比如孙犁的《铁木前传》、李英儒的《野火春风斗古城》、徐光耀的《小兵张嘎》。而其中插图，我最喜欢张德育版的《铁木前传》的"小满儿"。或许是受铁凝的那篇《怀念插图》影响，看见一幅小满儿坐在炕上一手托碗喝水的插图，就仿佛看见了一个真实的"小满儿"，而这画中的姑娘，就像是从孙犁的笔下走出来一样，实在叫人难忘。

　　从鲁迅的各种旧版小说里，我发现了丰子恺版的、丁聪版的不同阿Q，使鲁迅先生笔下的"阿贵"一下子立体起来。而说到茅盾的《子夜》、老舍的《茶馆》，就离不开叶浅予的人物再创造了。比较而言，《茶馆》比《子夜》更加以神逼人，寥寥数笔，人物跃然纸上，将插图艺术发挥到极致。

　　关于小人书《小二黑结婚》，我有一本贺友直插图的旧版。赵树理笔下的小芹、小二黑，被画家勾勒得朴素真实，是一对活生生的、追求婚姻自由的边区姑娘小伙。而这个版本据说在孔夫子网的旧书拍卖中，价格已经飙升到三四百元钱。

　　这些插图旧版书籍成了我藏书中的珍品。书中的精美插图——"文学和绘画的宁馨儿"，无论它的版本如何，只要自己喜欢，它就是无价之宝。

潘天寿的《中国绘画史》

　　潘天寿作为国画大师的地位，是由其书画作品所奠定的，尤其是他打破山水、花鸟界限达到高峰。但很少人知道他最早成名却是因为《中国绘画史》的出版，当时潘天寿虽然是个不到三十岁的青年，但这本绘画史图书，却被当时的教育部指定为全国美术系大学教材。

　　"我这一辈子，画画只是副业。"国画大师把自己定位于一个"教书匠"的人生角色，足见这位国画大师对中国画教学的重视和认同。

　　1923 年，潘天寿到刘海粟办的上海美术专科学校，本来是去担任抄写讲义一职，因其与陈师曾教授关系十分密切，后来他的国画才能被校长刘海粟发现，得到赏识，请他担任中国画、中国画史两门课程的专职教师。这期间，他全身心投入研究徐渭、石涛、八大山人绘画作品。在讲授和研究中国画史画论的时候，潘天寿以《佩文斋书画谱》《美术丛书》等文献作为参考，开始彻夜达旦地编著《中国绘画史》。二十几岁的潘天寿应教学

之需,用了两年的时间,完成了这本《中国绘画史》,并交给商务印书馆出版发行,引起当时绘画界的轰动。

后来,淞沪战役打响,出版社的初版全部毁于弹火。1934年,商务印书馆大学丛书委员会,要将潘先生的这本绘画史编入大学丛书,于是又重新制版,复检,在原来的基础上,重新印刷出版。到了1935年年终,潘先生在西子湖听天阁草写了第二版《中国绘画史》的前言。

这本书扉页上印有"国立北平艺专"的大印,而从这本绘画史上的大学委员会委员名单上看,哪一个不是载入史册的大师名家:蔡元培、胡适、郑振铎、冯友兰、梅贻琦、李四光等等。

有评论曾说:"如果说滕固是中国美术史研究的首创者,那么陈(陈师曾)、潘(潘天寿)二人当是绘画专史研究上并驾齐驱的先驱者。"《中国绘画史》从大学图书馆流落到民间旧书摊,就像国画大师潘天寿先生一样,世事红尘,沧桑流转。而生有涯,先生的人品、画品、书品却永无涯。

潘家园，喜获周贻白《中国戏剧史》

　　北京潘家园是众多藏书爱好者心目中的"朝圣"之地，藏书者总是希望在双休日把旧书市场逛个够。要是真能淘到几本自己心仪很久的"书之宝贝"，那实在是藏书者一种不枉此行的幸福和满足。

　　而我是有自己的搜书目标的。我比较喜欢收藏戏曲戏剧方面的古旧书籍，比如剧本、史料、戏曲戏剧界名人传记等等。我从来不管那书有没有收藏价值，只要我喜欢，就会倾囊购买。

　　记得是前年的事。7月的北方正是雨季，雷阵雨说下就下，说停就停。我和先生为了一早能赶到潘家园，星期五就定了双休日的火车票。哪承想白天还是晴朗朗的天儿，到了午夜时分雷雨大作，三点多钟发车的火车票，这北京之行，淘书之路，莫不是被雨搅黄了？

　　最后先生一咬牙，一跺脚，淘书的瘾头丝毫不减："走，管他呢，兴许咱运气好，明儿一到北京天儿就晴了？要是天气不晴呢，我就带你雨中游天安门，多浪漫！"事已至此，那就走吧，口袋里只装上了事先准备好的淘书款，冒雨赶往火车站。坐在火车上，我们不停地朝车窗外看，看着哗啦啦的雨水顺着车窗一直往下流，心里直嘀咕,这倒霉的天气！我可不喜欢下着雨漫步在天安门广场。

老天有眼,火车一到北京西客站,哇,雨停了！我和先生坐上公交车直奔潘家园旧书市场。其实老天也挺能捉弄人,据说在平时潘家园的旧书市场那可是人满为患,买书的、卖书的挤来挤去。可是那天,卖书的人少,买书的人更少,也正是在这稀稀拉拉的雨后潘家园,让我有幸低价淘到"旧书珍宝"。

先生喜欢慢慢找自己喜欢的,而我喜欢凑热闹,哪人多就专门往哪挤,总以为东西"抢"来的就是好的。在一个旧书摊前,几个大小伙子刚刚从仓库里拉来一平板车码放好的旧书,听说是北京某中学图书馆里处理的藏书,车还没卸完四周买书的人群就围拢上来,我亲眼看见就连卖书的都成了买家。我想,这其中必有好书。

可是我一个读书女子,哪能比得上那些淘书的大老爷们,只得站在人家屁股后面看人家一本一本把好书占为己有,找我家先生,也没个踪影。等吧,淘人家挑剩的也行啊！那一摞摞被挑出的旧书可真有宝贝,眼瞅着各种老版本的名家画册、名家小说、名家书信集等等都被抢购一空。买书的付过款后,纷纷离去,也就给我腾出了挑书的机会。

这时我瞥见我前面的淘书男子捧着一套《中国戏剧史》,跟老板讨价还价。卖书的小伙子一口价,三本全套人民币八十元,爱买不买,那人怀里已经满抱,他求老板再让让价,小伙子就是不肯。找准机会,我开始盯住自己要找的目标。小说可以不要,画册也不要,书信也不在买的范围,而这套《中国戏剧史》——就是它了!蹲在那只当随便挑书,眼的余光却只有那部戏剧史。

淘书男子终究没有还下书价,恋恋不舍将书放回。"老板,那套书八十块钱,我要了!"掏出口袋里的百元大钞付过款后,我兴冲冲地四处找先生,等一找到他,还要回来,看看还能不能再拣个大宝贝。

偶尔上旧书网,发现周贻白的这套《中国戏剧史》拍卖价已经涨到六百元。可是只要我喜欢,此书再翻十倍价钱,我也不卖。

程十发的《幸福的钥匙》

　　《幸福的钥匙》是我家先生从一个旧书摊上花一元钱淘来的一本薄薄的旧连环画,当时听他喜不自禁地夸耀:"我可是花小钱捡了个大便宜!书的价值关键在于插图,那可是大画家程十发的早期作品。"

　　我家先生告诉我说,中国传统的连环画,发源于上海。新中国成立后,一批从事国画艺术的画家先后进入了连环画创作领域,以其精湛的绘画功底影响并改变着旧的模式和表现手法,他们中最有代表性和成就的便是大师级人物——程十发。

　　说起程十发,那可是当代国画大师,人尽皆知。但要说程十发是一位具有开创性的杰出的连环画家,现在知道的人实在不多。其实,程十发的绘画生涯还是从连环画上起步的。他的连环画创作在新中国绘画史上占有不可或缺的地位。近年来,程十发的连环画作品已经成为连环画收藏领域备受欢迎的品种。

　　这本《幸福的钥匙》是著名诗人李季于1955年在北京担任中国作协创作委员会副主任时写给少年儿童的叙事诗,于1956年由上海儿童出版社出版的连环画初版本。它写一个孩子离开年老的妈妈,冒着风雪,踏着父亲和哥哥的足迹，到祁连山去寻找幸福的钥匙——石油。书中插图的线条遒劲流畅而简约洗练，特别在人物形态的描画上更栩栩如生，而插图中的蒙古包、牧场、雪山等自然场景处处弥漫着一种浓郁的草原情韵。更值得称道的是，这本连环画中有多幅马的构图，奔驰的、安卧的、跳跃的，都造型准确且神态生动。

这本仿铜刻版连环画《幸福的钥匙》，风格独特，题材新颖。它既融入了中国传统的线描，又展示了欧洲所特有的铜刻版画的艺术魅力，在画家程十发的连环画创作中具有重要的意义。

当时画家三十多岁，正值精力充沛之际，刚开始尝试画复线铜版画。由于当时找不到能运转自如的小钢笔尖，他就凭借在中国书画上的造诣与功夫，用细尖的小硬毫毛笔代替，硬是一笔一笔画出了欧洲铜版画的效果。

由于是铜版画，其背景全部用细复线画出明暗对比，借此来烘托环境气氛，这可是对画家耐心和意志的考验。可以想象，用一管小硬毫这样一笔笔地画，可真是要气定神闲，耐得住寂寞。

我家先生说，但凡知道大画家程十发的，无不时常怀念他在20世纪50年代所画的连环画册、插图图书。时至今日，得到其连环画作品的收藏者，那真是一大幸事。比如当年的《画皮》《野猪林》《哪吒闹海》等，那些书影响了几代中国孩子，让人读之不厌。现在，不知有多少"旧连环画迷"，一说起连环画、插图，首先想到的就是画家程十发。

第四辑　红楼书事

旧时岁月里的红楼画影

我初识《红楼梦》,是在父亲常年喝茶倒水的旧茶壶上。

老家旧宅父亲土炕旁边的檀木方桌一放几十年,是祖辈传下来的,分家时叔叔不要,说不如扔掉。父亲说爷爷奶奶留下的念想物件,扔了怪可惜,他要。

他捡回留用的方桌,旧得黑漆脱落,站立不稳。父亲三敲五敲,叮叮拾掇后,倒也规矩周正,擦拭得干净清爽。一处破檀木方桌,搁上一个浅红圆托盘,父亲把他娶亲时舍不得用的那套白瓷茶壶茶碗,置放在方桌中央,遮盖上一块白绢红梅绣品。靠墙一边放上他的老式收音机,一幅旧时岁月画面,古中见雅。

更雅的是,白瓷茶壶正面画了一幅"宝黛共读西厢"图。我们姐弟幼时,极少看见这白瓷茶壶,逢家里来了远亲贵客,父亲才从橱柜中拿出待客,沏茶喝水,平时绝不让我们碰触。直到和叔叔分家,我们长成少年,方才一睹"宝哥哥伴着林妹妹共读西厢"。

大姐痴迷《红楼梦》,就源于这茶壶画面,然后小心攒钱,平时一二角,年岁一两块,希望能攒够钱买一本。那时书不像现在这么贵,钱很快就攒足。去书店买来《红楼梦》原著插图版，一本戴敦邦画插图的老版本，她视如生命宝物，和父亲藏掖他成亲时的宝贝白瓷茶壶如出一辙。做妹妹和弟弟的，哪怕掘地三尺，也寻不到宝哥哥和林妹妹共读西厢的美图画面。长大后，她才道出实底："那书，我可不敢藏家里，你们撕了扯了，就像宝哥哥失了林妹妹，我咋办？我藏在奶奶屋的旧衣柜匣中。这是秘密，奶奶都不晓得，何况你俩小不点！"

因为我们闹着争抢姐姐的那本《红楼梦》，父亲买来一套几本的连环画版本息事宁人。连环画虽好，可那黑白画面，哪能跟姐姐的书的封面，和书中彩色插图相媲美？更比不得爸爸白瓷茶壶上的那幅宝哥哥林妹妹。然后我们就不断地去黏，去求，去磨。有时大姐一烦，命我们猫着腰，闭着眼，不许偷看，等她变戏法一样，捧来她的"宝物"小说《红楼梦》。

我们站起身，睁开眼，手背后，前后排开，只许看，不许摸。大姐先让我们看封面上的那幅"宝黛共读西厢记"，再让我们等着，她用拇指按住书脊有彩页插图地方，"扑啦扑啦"认真打开，凑到我们眼前，让我们看《黛玉葬花》《宝钗扑蝶》《湘云醉酒》《大观园诗

会》。

我们兴味正浓时,姐姐也会用她银铃般的嗓音给我们读,读的当然是大家都喜欢的"宝黛共读西厢记"部分:

"宝玉道:'好妹妹,若论你,我是不怕的。你看了,好歹别告诉别人去。真真这是好书!你要看了,连饭也不想吃呢。'一面说,一面递了过去,林黛玉把花具且都放下,接书来瞧,从头看去,越看越爱看,不到一顿饭工夫,将十六出俱已看完,自觉词藻警人,余香满口。虽看完了书,却只管出神,心内还默默记诵。"

记忆中,桃花树下,落英轻扬,纷纷而落,桃花芬芳,杂着嫩嫩草香,痴情宝黛,一个是假戏真做时的惷急模样,一个是嗔怪戏谑时才女真腔。俩小儿女,情窦初萌,坐在太湖石上,共读西厢妙词。戴敦邦的红楼画影,于少年时节,为我们打开了通往这本古典小说巨著最初的那扇门。

浸染红楼别样红

对于红学研究的书籍文章，我更倾向前辈大家俞平伯、周汝昌两位的作品。而说到秦可卿，我还是喜欢江南才子俞平伯的看法，比如他的《论秦可卿之死》，是相当值得一读的顶级大家文字。家学渊源，才情傲世，甘于平淡的人生无法遮蔽他在红学界对后世的深远影响。一本"祸起萧墙"的《红楼梦研究》，曾经让这位江南才子几经波折，饱受人生苦难。

今年，读俞平伯随笔集《俞平伯说红楼梦》时，正是初为人母。尽管整日为乳儿忙得焦头烂额，却仍在乳儿深睡，闲暇之隙，捧来俞平伯先生的红学遗著，掀上几页。常常入了迷，忘了自己真正的角色，直到襁褓里的乳儿"哇哇"哭啼，才猛然想起盆里的尿布、瓶里的奶粉、桌上渐冷的午餐。

这些有关红楼梦的研究文字，是俞平伯先生在"文化浩劫"中被欺、被辱、被冤、被打倒多年后，渐渐缓过精气神儿来写的一系列研究《红楼梦》的随笔。在一篇《漫谈红学》里，俞平伯先生有一个颇有建树的艺术比喻，他说《红楼梦》好像断纹琴，却有两种黑漆：一索隐，二考证，自传说是也。

他在另一篇文章中谈到后世对"红学"的态度：

"人人皆知红学出于《红楼梦》，然红学实是反《红楼梦》的，红学愈昌，红楼愈隐。真事隐去，必欲索之，此一反也。假语村言，必欲实之，此二反也。老子曰'反者道之用'，或可以之解嘲，亦辩证之义也，然吾终有黑漆断纹琴之憾焉。"

俞平伯十二三岁时开始接触《红楼梦》。二十岁时，他从北京大学毕业，第一次出国，到英国去留学。在航海途中，为了消除寂寞无聊，他与同班同学傅斯年一起颠来倒去地读《红楼梦》。

俞平伯对于各类《红楼梦》版本及文本的熟知程度，在新红学奠基人之中堪称第一。20世纪50年代，当时任中国社会科学院文学所副所长的何其芳曾说过这样的话："《红楼梦》后四十回让俞先生来续的话，比高鹗要好。"

红楼才子俞平伯之所以成为红学佼佼者，非一时一日而成。书香家底，旧学根基，俞曲园的诗词书画，探花父亲的傲世学识，在江南苏浙一带那绝对独树，加上俞平伯的父亲的嫡传，将那"似疏影梅香般的真灵魂"(赵景深语)奉献给他的读者。

在自己有限的时间里，能读到俞平伯洒脱典雅的文笔，在满足自己的阅读欲望之余，内心深处总有一种幸福愉悦渴望形成文字诉诸笔端。能欣赏到这位江南才子真正的灵魂文字，总有一种心灵的震撼和某种共鸣。我这样卑微的小人物，能与前辈大家"神交"，是我此生的大幸福，与功名无关，与利禄无关，只和文字有关。

困顿袭来，手不释卷，倒头即睡，进入梦境。耳畔似有古琴声，意远悠长，由远及近，然后就是隐隐听见那桨声，隐隐看见那灯影，与友携手，共游共赏，一代文坛大家的曼妙文字伴我入梦。

幸哉，美哉！

结缘刘旦宅

刘旦宅为我国著名画家,曾任上海师范大学教授,擅长中国古典著作人物画。所绘《红楼梦十二金钗》邮票,曾获1981年全国邮票最佳奖。

我与他的结缘,要从一本红皮精装彩色插页日记本说起。十年前,我和我先生刚刚交往,喜欢旧书收藏的他,不知从哪里淘来一本刘旦宅《红楼梦日记》,当作定情物送给我。

我先生说:"这日记本,旧的,只字未写。你知道吗?它可是我的宝贝,上面有刘旦宅所绘红楼十二钗。我的最爱,除了一套刘旦宅画的小说《红楼梦》初版书,就是它了。我想让你用它记录我们俩之间的故事,然后文字和图画陪着我们慢慢变老!"从此以后,我知道了海派画坛大家——刘旦宅,知道了他笔下的金陵十二钗。

我先生时常说起他当宝物一样珍藏的那套刘旦宅插图版的小说《红楼梦》。这里是有段故事的。我先生在乡下教书,到了婚龄,媒人来提亲,男女双方见面相亲,一来二去,谁也没有异议。媒人提出不如叫他俩结伴去县城,一来为了进一步了解,二来水到渠成,男婚女嫁。先生母亲塞给他一百元钱,要他适时给女方买件时兴衣裳，讨人家喜欢，姑娘一高兴，这婚事也就十拿九稳了。可那书呆子领姑娘进了县城，没去时装店，倒一头扎进了新华书店，直奔古典名著书架的方向。那姑娘杏眼一瞪，甩下一句："行，那你就去跟书过去吧！"姑娘甩了他，他倒美滋滋地捧回了一套刘旦宅插图的《红楼梦》。

我和我先生结婚后，收藏与《红楼梦》有关的旧书成了我们最大的业余爱好。海派画家刘旦宅各类插图的古典书籍画册尤其不少，其中最得意的还得数《石头记人物画》，一个版本，竟有两册。我责问过我先生："我已经买到一本，你干吗又买？"他说："你喜欢，我也喜欢，跟咱家差不多品相网上的拍卖价，都升到两百元，不买，以后再难见到！"

刘旦宅的《红楼梦》人物画原作和线装《红楼梦》刊本相仿，人物高不过三四寸，但喜怒哀怨之情跃然纸上，环境描绘简洁典型，寥寥数笔，人物性格即活现在眼前。一生都沉迷执着于《红楼梦》研究的大家周汝昌，有着一手独具特色的书法，他的人物诗为这部人物画册增添了无尽文采。用"双星合璧，日月同辉"来形容这部人物画册，最合适不过。

这位淡泊名利、喜欢读书和痴迷绘制红楼钗黛的画家刘旦宅已经离世，可他笔下的红楼人物，依然鲜活在文字书籍中。

南开红楼兄弟缘

我喜欢读红学大家周汝昌的各类红学著作，也喜欢收集藏书大家黄裳(原名容鼎昌)的各类藏书说戏的散文短章。喜欢的时间很久，可我却不知道，这两个人曾是同窗密友，因为一本红楼，从少年到白头，惺惺复惺惺，年过九旬，依然像两个可爱的顽童，一个小兄，一个裳弟，那么亲切，那么无间，令无数后辈心生羡慕。

读过散文大家黄裳为汝昌小兄的《献芹记》写的那篇序言，了解了周氏汝昌和容家鼎昌相识于南开中学校园那些往事后，我固执地认为那绝对是伯乐眼里的伯乐，千里马眼里的千里马。

"二昌"相逢在南开，同屋而居，因为经常大谈曹雪芹半部《红楼梦》，从此一世结缘，一走就是七八十年人生光景，从青春少年到耄耋白发。那时稍大一点的周汝昌，因为幼年时母亲奁箱里的一套《红楼梦》，与自己的气质天分相吻合，早已结缘曹雪芹和他的《石头记》。

这个不大爱开口的，不大爱

接近人的成熟青年,却和黄裳相见恨晚。他们兄弟之情的缔结,所依凭的共同兴趣爱好,当然正是曹雪芹和他的《石头记》。于是周汝昌一见黄裳,就有谈不完的《红楼梦》。

在南开校园寝室,周氏汝昌和容家鼎昌从此相知相契,聊天闲谈自然多起来,主题自然集中在《红楼梦》上。很长一段时间,他们每天晚饭以后,走出校门,经过南楼、体育场、女生宿舍楼,到墙子河边散步时,谈论内容都是曹雪芹的半部《红楼梦》。

汝昌和鼎昌,小兄和裳弟,每每说起《红楼梦》,兴致盎然,杂以激辩,回到宿舍往往还不能停止。尽管有不同,有差距,尽管黄裳对《红楼梦》的欣赏停留在《菊花诗》和《螃蟹咏》上面,可对于已经在注意曹家的故事和曹雪芹的生平的周汝昌来说,不亚于千里马与伯乐的对话。或者正如黄裳的序中所言,这就是《红楼梦新证》的发轫。

周汝昌的两本《曹雪芹小传》

儿童节那天，忽闻红学大家周汝昌仙逝，不觉凄然。顺手从书架上抽出那两本宝贝一样的《曹雪芹小传》，从先生的文字又仿佛看到了电视中百家讲坛上的那个满脸笑容的白发长者。

喜欢周汝昌，最早是从我家收藏的两本不同封面的《曹雪芹小传》开始，当初淘书时，是从某大学图书馆淘汰下来的一堆旧书中，翻捡得来。从书末的借阅卡上看得出，有不少人读过它。也就是说20世纪80年代已经有很多像我这样的"红楼迷"，在读周汝昌。

一直喜欢满头白发的红学研究学者周汝昌老先生，买过他的许多红学研究著作，这两本小传只是其中一小部分。读过有关他和他的兄弟在艰苦时代里，一段不问世事、不求功利的五十余年的书写、考证、著述的真实经历以后，就更加钦佩老先生对红学研究的痴迷，所以先生的红学著述常常是我的首选，不管新书还是旧版。

我猜想，双眼几乎失明，双耳几乎失聪，年过九旬的老先生正源于被曹雪芹的那种"十年辛苦不寻常"的著书、批阅、修正十载的文字精神所感动，然后忘却了一切功利，一门心思投入到红学研究中。他像曹氏那样不寻

常地埋下头，转眼时间就过去了半个多世纪，从黑发变成白发。不为功利，五十年的考证、研究，说起现如今红学专家，最权威的考究人，世上还有谁敢跟先生抗衡比肩？

第一本小传，装帧古朴自然，青褐色的书皮，封面上的曹雪芹身着长衫，右手持卷，正踱着步走在一条僻静的小路上，书的右面写着《曹雪芹小传》。这本书是1980年百花文艺出版社出版的。

第二本是1984年的第三版，书名的五个潇洒、个性的毛笔题字，凡是看过老先生写的书的人，一眼就能看出是周先生的亲笔题名。可见当年先生的这本小传在市面上何等的畅销抢手。这的确是一本值得看的好书，每一章后面有注释、注解，旁征博引。周先生严谨认真的考证让我们更近地了解《红楼梦》的作者曹雪芹。

喜欢读先生的红学著作，每读一本，就仿佛在夏日的午后，坐在树荫底下，听一位老者摇着纸扇，把一个叫曹雪芹的人的故事娓娓道来……是悲是喜，已经不重要，单是那份沉迷，足以让人动容。

阿英和他的《红楼梦戏曲集》

平时就格外关注与古典名著《红楼梦》有关的古旧书籍,凡是遇到,一定买回家,业余时间一样一样细细品味,比如小人书,比如红楼十二钗画册,比如红楼梦学刊,比如红楼梦诗词。可最让我珍爱的还是阿英先生的那一套《红楼梦戏曲集》,虽然包装有些破旧,纸张有些发霉发黄,但是丝毫不影响我对它的由衷喜爱。

在一次周末陪我家先生逛旧书市场时,我偶然间从一堆破旧书籍中间发现了这套书宝贝:阿英先生早期整理搜集编纂的《红楼梦戏曲集》上下两册。一时间,我简直成了哥伦布,仿佛找到无价宝藏,骨子里原有的那份"红楼情,戏曲痴"的迷恋指数一下子蹿高了几倍之多。

此后很长的一段时间,我的业余阅读爱好全都给了这位我国早期剧作名家和他的这套遗作。无意中在作家吴泰昌的散文集里读到许多有关阿英和这本书的来龙去脉。久久感动之余,我常常渴望与人交流自己纳于胸,凝于心,欲说还休的,想一吐为快的畅快淋漓之情。我盼望更多的年轻后辈之中有人也像我们的红楼前辈那样,为曹雪芹"满纸荒唐言,一把辛酸泪"的半部《红楼梦》倾情,也能为我国古老的戏曲艺术而痴狂。

阿英先生对红楼的迷恋始于五四时期，20世纪30年代起，就开始致力于《红楼梦》的资料搜求、整理和研究。1936年，他根据自己有关《红楼梦》各种资料版本的收藏，写了《红楼梦书话》；1941年，他写了《红楼梦书录》四卷；1943年前后，身为新四军的他曾经着手撰写一部《论红楼梦》的专著，只因为政治环境不允许，未竟；1956年，他编印了《红楼梦版画集》；1957年，阿英因脑血肿动了一次大手术，养息数年后，1961年参加了筹备曹雪芹逝世二百周年纪念展览，前后两年，他都把自己的精力集中到研究红楼梦的工作上；1963年，他着手编撰《红楼梦戏曲集》。

《红楼梦戏曲集》收敷演《红楼梦》故事的清代戏曲十种。这些戏曲本子，在世间极为罕见，有的只有一种版本，有的仅有抄本流行，有的印本校刻不精，常有错字，这些戏曲本子大多是阿英经过四处奔波多年搜求所藏。还有一小部分是从朋友或图书馆借用。这部书的前言，先生写得很辛苦，多次起头都未能成篇。在众所周知的文化劫难的非常时期，中国文联机关白天无休止地开会，批判阳翰笙以及他这个《红楼梦》的痴迷研究者。即使在这样艰难的时候，先生想尽一切办法也要完成自己的这部书的编纂。到了晚饭以后,先生静坐良久,才能恢复平日的情绪,然后这位剧作家摒弃一切干扰,独自坐在后院的小书房里,开始写作,写得不顺时急得索性把一叠草稿撕掉,重新再写。1965年,即将完成的《红楼梦戏曲集》就差一篇前言,由于时局的震荡,无奈被束之高阁,这一搁就是十年。

直到1977年的夏天,长期受到巨大的肉体和精神折磨的阿英先生,以惊人的毅力支撑到6月17日,肺癌这个病魔终于将他打倒。这年8月中华书局决定立即将《红楼梦戏曲集》付型。1978年初,中华书局出版了这本《红楼梦戏曲集》,借此纪念作者阿英先生。这套书的封面是先生生前选好的一幅徽州木刻版画。因为当年沈尹默的题签十年以后早已不知下落,正在病中的郭沫若先生欣然提笔。

如今,能有多少《红楼梦》的书迷能像他那样一生为红楼痴狂,还有谁能静静地听我讲述有关这本戏曲集的背后故事?怀念已故的前辈大师,让我们重新为华夏儿女能拥有曹雪芹这样的红楼巨著缔造者,以及阿英先生这样的红楼继承传播者而欣慰,而自豪。作为《红楼梦》的嗜读者,宝黛爱情的戏痴者,我们真应该重新捧起红楼巨著逐字品读,抚摸着前辈大家呕心沥血完成的《红楼梦戏曲集》古旧书册,默默地将一盘新版越曲《红楼梦》碟片装进电脑,在雪芹的血泪爱情戏文里,寄托我们无尽的哀思。

黄遵宪与日本友人笔谈红楼

　　"满纸荒唐言，一把辛酸泪。都云作者痴，谁解其中味。"随着刘心武的《刘心武续红楼梦》的出版，曹氏半部《红楼梦》再次引得后世"红楼迷"纷纷关注。其实一百多年来，"红迷"对红楼儿女的爱恨评说从没间断过。这其中有中国人，也有外国人。

　　黄遵宪，作为晚清诗人、外交家，他于光绪四年（1878年）随驻日大使何如璋出使日本，担任公使馆参赞，当时被日本历史学界称为中国"最有风度、最有教养的外交家"。关于《红楼梦》，这位晚清诗人也颇有研究。

　　明治时期，日本出现了第一个特别喜欢写汉文汉诗的日本红迷——曾是上州高崎藩主的大河内辉声（号桂阁，1848—1882），他与当时驻日公使何如璋的参赞、书记官黄遵宪关于《红楼梦》一书的笔谈就收录在《黄遵宪与日本友人笔谈遗稿》一书中。

　　书中记载：在黄遵宪出使日本期间，曾和旧高崎藩主大河内辉声有过多次笔谈。也就是说，彼此都用纸片，一问一答，笔谈时如果有人出入，那个日本人就用日文写下他们的动态。当然笔谈不限于他们二人。

　　笔谈中，黄遵宪写道："《红楼梦》乃开天辟地，从古到今第一部好小说。当与日月争光，万古不磨者，恨贵邦人不通中语，不能尽其妙也。"还写道，"论其文章，宜与左、国、史、汉并妙。"

当黄遵宪向日本友人推介《红楼梦》时，大河内辉声做了《红楼梦》和日本小说《源氏物语》的比较："敝邦呼《源氏物语》者，其作意能相似。他说荣国府、宁国府闺闱，我写九重禁庭之情。其作者亦系才女子紫式部者，于此一事而使曹氏惊悸。"

黄遵宪对《红楼梦》给予了极高的评价。这些话激起了大河内辉声对《红楼梦》的极大兴趣。他从清朝公使何如璋手中借到此书，不仅通读完毕，还为其加训断句，请使馆人员为其加注准备出版。

但遗憾的是他三十五岁就去世了，出版之事也就不了了之。

不过，黄遵宪当年的遗憾很快就被弥补了。不久以后，日译本的《红楼梦》出版了，《红楼梦》这部古典小说，也就成了很多学中文的日本人的首选教材。

美学大家王朝文的《论凤姐》

　　曾经有学者在评论《三国演义》中的"乱世枭雄"曹操的时候，说过一句："骂曹操，恨曹操，曹操死了，想曹操。"这句话用在曹雪芹写的《红楼梦》里被冠以"脂粉堆里的英雄"——贾府当家少奶奶王熙凤身上，一点也不为过，这个出身金陵王氏家族的"凤哥"，的确是让贾府的上上下下，男女老少，骂凤姐，恨凤姐，凤姐死了，想凤姐。

　　在《红楼梦》前八十回里，王熙凤这个"凤辣子"实在是让人过目不忘。这个让曹氏泼墨细描，刻画得光彩照人、活灵活现的贾府琏二奶奶，其性格、人品、作为的复杂性，超过了书中任何一个角色。

　　作家刘心武在央视百家讲坛上揭秘《红楼梦》时说过：关于王熙凤，历来红学研究者的分析评论可谓汗牛充栋，一般的读者对她在茶余饭后的议论也是非常之多。红学前辈王朝闻先生，专门有一本书《论凤姐》，四十万字之多。

　　《论凤姐》这本书就是这位已经过世的美学大家王朝闻先生于1980年完成的红学专著。在一次记者对王先生进行采访时，他说："1976年地震时，我在地震棚里写我的《论凤姐》，因精力集中，地震我一点也不害怕。"

王朝闻，1933年二十二岁的他将原来的名字"王昭文"改成后来的"王朝闻"。取意《论语》"朝闻道，夕死可矣"。作为"世纪中国文坛的两大显学"之一，有关红学的研究论著在"文革"以后，理所当然地带有诸多的时代烙印，文艺理论家、美学家、红学家王朝闻的《论凤姐》也不例外。

这是朝闻先生的一本得意之作。它让我从原著《红楼梦》看到不一样的理解深度，就像痴迷曹雪芹的文字的深度一样，与日俱增。

可是这样一本书，装修豪华的书店书厦根本不得其踪，只能在旧书市场上可以偶然遇到。读过之后，尽管还反对其中的某些文字章节——比如说曹雪芹对王熙凤的反感我就不认同，一个小说家对他笔下的人物，无论如何都是喜欢的，不然的话不会写得那么出彩，但是不得不承认，作为一个以美学文艺理论为专业，以雕塑闻名学界，其中以雕塑伟人毛泽东像著称的王朝闻先生，他的这本，也是他仅有的一本红学论著，同样值得让人一读。

王昆仑重庆写《红楼人物论》

20世纪40年代，重庆有一份杂志叫《现代妇女》，是一些进步妇女办的，王昆仑的妻子曹孟君在其编辑部工作。1943年春天，《现代妇女》很想发表一些文艺方面的文章，曹孟君希望丈夫为杂志写一点文学研究方面的东西。经历过政治斗争风雨的王昆仑，对《红楼梦》的喜欢，不再是悲欢离合的情节，而是一些生动逼真的形象，特别是那些生活在封建压迫最底层的女奴与女伶。其中特别吸引作者的是晴雯，所以就有了与女儿王金陵合写的昆曲剧本《晴雯》。

在山城重庆七星岗中苏文化协会旁，有一座木结构的小楼，每逢有人缘梯而上，整幢楼房都会摇摇晃晃。王昆仑一家却把所住的三间小屋称之为"坚庐"。环境所迫，王昆仑不得不采取曹雪芹写《红楼梦》时用过的"真事隐"的笔法，隐去真名，署上"太愚"的笔名，仅仅凭着手头的程甲本、程乙本，开始为《现代妇女》写红楼梦人物论。没想到这使他一举成为红学家。

当年王昆仑在山城重庆著述的时候，就得到了周恩来同志的支持。不久，周恩来自重庆返回延安，把王昆仑写的红楼梦人物论文带给毛泽东，得到毛泽东的赏识。

王昆仑晚年追忆当年写作《红楼梦人物论》的情景时写道：

> 特别使我受到鼓舞的是总理的关怀。总理在那样艰苦的斗争环境，在那么繁重的工作中，竟能注意到登在一个小刊物上的我的文章。他不仅看了，而且还让《新华日报》发了报道。

也就是在王昆仑发表《花袭人论》前后，蒋介石又发动了第三次反共高潮。事有巧合，当山城正在私议"太愚"是何人的时候，周恩来接中共中央书记处来电：共产国际解散，请周恩来即回延安。周恩来行前秘密召见了"民革"的核心成员，希望大家提高警惕，注意蒋介石利用共产国际解散之机，在山城制造更大的白色恐怖。最后，他握住王昆仑的手，深情地说了这样的话："我很快就回延安了，我要把你写的《红楼梦人物论》带回去，给那边的同志们看看。"

当他回忆起周恩来这次特殊的接见，王昆仑怀着感激的心情写下了这段文字："这一切对我的鼓舞太大了，我本没有打算系统地写下去，此时欲罢不能，于是便在车上枕边一遍又一遍地阅读《红楼梦》，在工余会后一篇又一篇地写评论人物的文章。"后来他在四年内连续发表了十余篇。

质本洁来还洁去

二十多年前，她只拍过两部电视剧，曹雪芹的《红楼梦》和巴金的《家》，而她的名气远远超过那些拍了一辈子戏的众多演员，因为她为林黛玉塑造了一个标准的"多愁善感"的绛珠仙子投胎转世的模样。

陈晓旭，在她走出大观园，脱去"林妹妹"的红楼剧装后，也曾茫然无从，方向不定。偶然进入广告界，从艺改为从商，转瞬二十年，逆顺之间，创建世邦广告公司，拼出一番辉煌，上亿物质资产，令同辈艳羡不已。人近中年，突然决定远离红尘，落发剃度，开始她的青灯黄卷吃斋念佛的修行生活。

就像二十世纪二三十年代的才子李叔同，甘心自愿选择一种寂寞，一心向佛，潜心修行的孤苦生活。踏出繁华喧闹的俗世，掩身迈进"欲求"皆空的佛门，"试上高峰窥皓月，偶开天眼觑红尘"，用王国维的这句话形容遁入空门的晓旭，不知道合适的成分到底有多少？

电视剧《红楼梦》女主角的灼灼光芒，即便重拍，"秀出"的那些角儿，大多一心想着的是功利，能超越她吗？总是让人怀疑吧！我相信只有晓旭的前生才是真正的绛珠仙子，"坐船离家时的那行清泪；寄人篱下的眉黛皱颦;大观园里秋水伊人;诗社谜社才气当仁不让;荷锄葬花,吟诗夺魁,读《西厢》,听《惊梦》,重建桃花社,焚稿断痴情",寄居大观园孤傲、清秀、敏感、痴情的水性女儿。电视剧《红楼梦》的成功,"林妹妹"晓旭功不可没。

时至今日,能看到陈晓旭出现在荧屏上,只有央视的《艺术人生》的那次"《红楼梦》二十年后重聚首"的电视节目。再见晓旭,我相信许多观众像我一样,无法走出当年"林妹妹"的影子——笑容后的忧郁,弯眉蹙颦的伶俜一如当年。

尽管也知道她生意场有着一番自己的天地,婚姻里有个志同道合的郎君。依然看得出晓旭青春时期在"大观园"里浸染六年的"红楼情结",已经深入骨髓。经历了种种繁华,重重苦痛以后,也想像雪芹原书中那来解决人生问题的答案,沿着释迦的道路,最后像"宝哥哥"那样求得解脱。

曾经的"林黛玉",因为渴望摆脱人生苦海的所欲所求,她选择了遁入空门,其中的大彻大悟,我们这些俗人众生,不必惊愕,也不必一味地分辨对与错。晓旭的离开,我们应该换一种宽容平和的心态,曾经的那个多愁善感的林妹妹,或许在现实中,经历了人生的潮起潮落,经历了时间繁华,或许倦了累了,想歇歇了,人世茫茫,何处是香丘?或者她选择的福祉正是佛界一方净土,释迦牟尼之路。

2007年,那年春天,乍暖还寒,晓旭剃度出家的报道上了各大媒体的娱乐版。出门时,风儿拂过我的脸。突然想起,弘一法师填词的那首经典老歌《送别》的旋律:

　　"长亭外,古道边,芳草碧连天。晚风拂柳笛声残,夕阳山外山……"

第五辑　转益多师是吾师

蒲松龄的文字道统

读完聊斋,开始四处搜集有关聊斋先生——蒲松龄的各类文史资料。不读不知道,写聊斋的柳泉居士和我的经历竟然有些一样,都是一个多年执教的"教书先生",一位乡村教师。不同的是,我是十年代课教师,居士是坐馆多年的家塾塾师,据说还是个看上去"则恂恂然长者,听其言则讷讷如不出诸口"的老儒生。

就是他,这位山东淄川老儒生,将一部《聊斋志异》写成文言小说的巅峰之作。聊斋从手抄本到印刷本,有很多饶有读书兴致的"聊斋粉丝",从最初的王渔洋到现在的知名大学中文系教授,常常彼此相问、互问、传问:"为什么这样一部奇书,不是出自名士显宦之手,也不是从风流才子笔端流出,而是一位乡村塾师来扛鼎?"

这个结果,似乎奇怪,其实必然。因为只有蒲松龄,这个生活在乡村最底层的读书人才最懂得民间文人的孤愤和道统。高高在上的名士学究,自有他们的一副维护自己道学的虚假嘴脸,才子们个个风流倜傥性格不羁,难免有些出格做派,与世事相悖逆,有些超前或有些落伍或特立独行,边缘化地被世俗唾弃。

而蒲松龄,恂恂然就像一位乡村长者,读过很多年书,参加过很多年的科考。只是不幸,他的知识结构不适合八股,更适合文学写作,不受考场的条条框框束缚,更庞杂大胆,更富有想象力,写出的文字更适合民间传播。因为他的文字写作,就像他这个人,只有一副平常口舌,在舌耕之余,更适合笔耕。他用平视人间的耳目,设茶摊,筑聊斋,把他用心听来的鬼狐神怪,用文言小说的笔法,写出合乎人物情理的真切文字。

当然蒲松龄更具有自己独特的文字道统。真正写出文字里的人间烟火,还是要靠蒲氏独自继承和发展前人司马迁写《史记》时的那种史家之笔。这就是《聊斋志异》结尾处的那些经典短笔断章,卷卷具见的"异史氏曰"文字。而正是这"曰"中文字,更能贯彻世事人情,更能深得俗世人心。

读一套《聊斋志异》,我不过俗家女子一个,同样喜欢蒲松龄文字里的男女经典故事,喜欢穷书生和鬼狐美女的缠绵爱情。她们个个面目妩媚,身材窈窕,翩然而来,倏然而去,比如小翠,比如婴宁,比如黄英等,古灵精怪,知恩图报,爱笑娇憨,善于理家,运筹帷幄。蒲松龄用他的热情和放松,用他的冷静和从容,把男女之爱,用最简约之笔,写得那么感人动情,因此受到两百年来无数聊斋粉丝们的热爱和推崇。

还有蒲松龄式的取名方式,女子之名,并不新奇,却俗中有雅,淡美出天然,听得读者过耳难忘。像小谢、秋容、花城、青娥、阿纤、阿绣、宦娘、庚娘等，美哉。

　　读完聊斋，再读蒲松龄，常想起王渔洋的那句"至于蒲子，叹观止矣"。真是这样。

止庵脚上的老布鞋

闲翻书架上的周作人作品集，河北教育出版社的那一系列，不管捧起哪本，都感觉像捧起一双老布鞋，北京百年老店，价格不菲的手工版，一针一线千层底，然后奔跑奔跑，从民国一直就跑到 2014 年的夏天。

看编者，没错，是止庵，大概只有他，最适合穿这样的百年老布鞋。就像止庵这个笔名，源自《庄子·德充符》的那一句："人莫鉴于流水而鉴于止水，唯止能止众止。"

就是他，那个姿态和行止，和民国老式读书人、老北京八道湾里住着的周作人，一样买书、读书、编书、写书。看视频里的止庵，像从周作人书的序跋里走出来：在京城繁华喧嚣的尘世，躲进书房里，目光更多停驻在书籍中间，从张爱玲到周作人，脚上穿一双北京老头布鞋，朴素整洁，儒雅气质尤显民国老派文人范儿。

最初喜欢他那头短发，短而丛生，根根直立，哪里像周家老二，更像周家老大鲁迅先生吧。可是从头到脚，似乎隐隐看到了周家老二的那双脚。无论何时，处在何地，他都能保持着一个读书人"唯止能止众止"的清醒风度。

有一篇访谈文字，止庵说："读书并非可以标榜之事。此乃个人行为，不是公众姿态，亦《庄子·大宗师》所谓'自适其适'而已矣。"这又让我想起那句俗语:"鞋合适不合适,只有脚知道。"

"自适其适",阅读是私人的事,就像婚姻和爱情,不过是生活中的一部分,如人饮水,冷暖自知,只此而已。每读周作人,我正是这样,哪一行,哪一页,颇得我心,读过之后,只觉酣然。就像止庵那样,穿一双老式布鞋,把阅读当作一种游历,让一个人的世界变得没有疆域,到达没有到达过的地方,内心永远充满新鲜。

少年时我穿布鞋,母亲用旧衣翻做的那种千层底,棉布质地,舒适透气,长大以后,靠着回忆寻找那种感受,潜在心底许多年。读前辈孙犁,读到他的布鞋文字,有一股悲凉,渗透心底,他说:"我们这一代人死了以后,这种鞋就不存在了。"我读汪曾祺写的老舍:"六十七八岁,戴着眼镜,一身干干净净的藏青制服,礼服呢千层底,拄着一根角把棕竹手杖。"更有一种文字的戚哀。

盛夏的午后,闲读周作人。脑海里不停闪现视频中的编者,读书人止庵先生。特别是他脚上的那双老布鞋,从民国游历而来,不同于孙犁,不同于汪曾祺,带给我们一份"自适其适"的恬淡和舒适,让我们享受文字阅读的新鲜和情趣。

张爱玲的中年鞋子

原来我也读张爱玲,小说、散文和评红楼。读来读去,感觉张爱玲和她的文字,那就是一朵海上花。海,离我遥远至极,花朵再美,也触摸不到文字的脉搏,梦幻般,字近人远。

悠悠民国往事,无论是《倾城之恋》,还是《金锁记》,抑或《传奇》,管窥蠡测,也只能从小说某些对白,瞥到才女的一鳞半爪:寥寥数句,拈来人的本性、人的底色、人的奋力挣扎和寂寞无助。

中年以后,因为生活,突然就读懂了张爱玲,特别是她中年后的文字,更多有她的生活:灰头土脸,落魄无助。小说中人物的奋力挣扎和寂寞无助,其实就是20世纪60年代初最真实的张爱玲。

1961年,张爱玲在香港做编剧,给丈夫写过六封信,信的身份是赖雅夫人。赖雅那时已经是美国过气的作家,中风瘫痪后,还得靠张爱玲养活。张爱玲应宋淇邀请,到香港写剧本,赚取夫妇俩在美的生活用度。

为了赶写剧本,张爱玲眼睛出血。可屋漏偏逢连夜雨,倒霉事成双,不早不晚,美国出版社来了退稿通知。民国才女,人过中年,又无子女,美国还有一个"老夫"凭靠少妻的一支笔讨生活。张爱玲经济大失预算,被迫接受最有失尊严的"痛苦安排":向宋淇夫妇借钱过活。

更要命的是,张爱玲提前完成的新剧本,没达到宋家的满意程度。1962年2月20日,张爱玲在信的末尾说:"暗夜里在屋顶散步,不知你是否体会我的情况,我觉得全世界没有人我可以求助。"

十天前,1962年2月10日,她在信里向赖雅诉苦:"自搭了那班从旧金山起飞的拥挤飞机后,我一直腿肿腿胀。看来我要等到农历年前大减价时才能买得起一双较宽松的鞋子……我现在备受煎熬,每天工作从早上10时到凌晨1时。"

四十一岁那一年冬天,我几乎和张爱玲当时一样的境遇,辞职做主妇,照顾晚生的两女儿,写出的文章大部分遭遇退稿,随着物价不停上涨,生活拮据。读到张爱玲信中的句子"要等到农历年前大减价时才能买得起一双较宽松的鞋子",我一下子失去控制,泪水盈满眼眶。写《传奇》的大作家张爱玲,苦命如斯,腿肿脚胀,却要忍痛穿着不大合脚的鞋子走路。有时才气和运气,往往成反比,也许这正是张爱玲不足为外人道的中年"鞋子悲剧"吧。

路遥的咖啡和香烟

　　我一直想写路遥，就像一群陕西人纪念孙犁，在大西北用文字遥望已故的冀中文坛宿星。

　　陆陆续续写了一大堆稿纸，费了太多文字，可路遥还是《人生》和《平凡的世界》里的路遥，人在天上，魂在纸里，且近且远。最记得的书中影像，就是他指尖的那支袅袅香烟，陪他完成《早晨从中午开始》写作随笔，不久后，即成了文字绝响。

　　于是我决定以此，再加上路遥生前写作时一杯接一杯喝进肚子的浓咖啡为题，用文字，用挚爱，用不断的遗憾和惋惜，祭奠二十二年前英年早逝的中国西北文坛不幸陨落的文曲巨星。

　　很多回忆路遥的文字不断提到，路遥生前昼伏夜出地写作，总也离不开两样价值昂贵的物品：成罐成箱的舶来饮品——雀巢咖啡，以及整条的高级香烟。无论多么清贫，路遥都没离开过这两样纯属精神贵族的高级消费品，从阅读到写作，再到舍命写百万字的《平凡的世界》。我想路遥是在用生命记录历史，编织故事。或许能给他精神动力，让他带有肝病的身体不断向小说最后冲刺，日夜突围的，唯有咖啡和香烟。

有一段时间,和喜欢读书的朋友口舌论战,说我不喜欢路遥。人家问为什么,我说就是因为咖啡和香烟。路遥在写《平凡的世界》时,完全成了瘾君子,靠着喝咖啡、抽香烟,最后完成《平凡的世界》第三部。读完路遥的《早晨从中午开始》随笔文字,我更加固执地认为:就是这两样吸食成瘾的东西,夺走了四十出头英年路遥的文学生命。文学把路遥从贫瘠的陕北窑洞拉出来,赋予他强大的英雄般的写作使命,来照亮二十世纪八九十年代的文学天空。可是,一杯又一杯浓咖啡,加重了路遥的肝病病情。有资料说,浓咖啡不适合中国人,特别是不适合路遥这样的有着家族肝病史的写作者。

当然还有香烟,不管多么高级的香烟,都是有害的。而太多回忆文字中都说,当年路遥书架上是成条成条的高级香烟空纸盒,脚底下是没过脚的烟头,且指尖从没闲过,不是笔下写,就是指上香烟在袅袅升腾。如果说当年路遥把咖啡和香烟当成了写作小说的提神剂,那么时过二十几年,我想说,咖啡和香烟就是他的致命剂。

我曾经对身体有微恙却不断拖延医治的陕西籍青年作家催促劝说:"放下手头工作,赶紧看医生。"然后我又告诉他:"不管是文学写作,还是用心读书,都得靠健康的身体。中年后,我不再喜欢路遥,他不尊重天地赐予他的文学生命,提前透支得太多太仓促。他的文学内涵,精神力量远远超过莫言。他还有一本《成吉思汗》的长篇,已经在筹划中,如果能完成,中国文坛肯定会是大地震,可是已经不可能完成。孙犁,是我仰慕多年阅读多年的长寿作家,他一辈子都在践行鲁迅的文学思想,他的高寿是有这个原因的。我认为前辈先生活着,就是为了向着鲁迅的那座高峰攀登。记得,一定要保重身体,为了你自己,也为了读你书的人。"

金秋十月,又来了。离路遥的祭日,还有个把月,忽然就想起曾经收听小说《平凡的世界》的那些青春岁月。当年,有多少和我一样的文学青年,守在收音机旁,就等着李野默那浑厚温柔的男中音,播送路遥的长篇小说《平凡的世界》,从第一部到第二部,再到第三部,这小说陪着我们从青涩走向成熟。而用生命在写作的小说作者路遥,却从我们的青春岁月走向他的生命尽头,留下一个还未来得及下笔的"可汗大点兵" 英雄史诗,实在可惜可憾。

蛛丝网落花

"檐外蛛丝网落花，也要留春住。"至夜，书架寻书读，扭头瞥一眼睡床上的女儿，手又重新落到了《子恺画集》上。读丰子恺，读他用画笔留下的儿女们的成长趣味。瞻瞻骑扇当车，阿宝给凳腿穿鞋，软软做新娘，父爱至深，深成漫画经典。

看着旧版本扉页上的画，一圈圈的蛛网，黏上的几瓣落花，蛛网深处的那个人，以及扉页背面题的南宋非著名诗人高观国的一首《卜算子》中的"檐外蛛丝网落花，也要留春住"，突然就丛生感慨。

丰先生画在扉页上这幅图，那个坐在蛛网中央的人，他是谁呢？以我来看，他既是丰先生，也是天下所有疼爱孩子的父母，当然也包括我自己。图中粘在蛛网上的花瓣，自然就是父母和孩子一起生活时，不断捕捉来的精彩瞬间。

再看一眼床上安睡酣眠的宝贝女儿，心中不禁吟出"屈指数春来，弹指惊春去"。时光流年，书依旧，画依旧，弹指惊春，咿呀学语，蹒跚学步，一眨眼，光阴已逝六七载。我的奥运宝贝，蹿长到腋下，心的深处惶恐不安，蛛网上能黏住几片花瓣？那些不该忘怀的记忆，怎么就流水东去,不着痕迹?

是夜,再读丰子恺,才懂得了他那一句:"后之视今,亦犹今之视昔。"

我多少次问起宝贝:即将到来的小学生活,你该如何做?她来来去去反反复复,总一个腔调:考满分,拿第一。可是,这不是我要的答案。考第一,何其难矣。第一第二第三,何等的苦熬,甚至有的孩子已经熬得厌倦了读书,熬到少年老成,早早地失了童真童趣;熬到一双近视眼,一副驼背像;熬到夜夜读书竟不知春暖花开。可是,没办法,谁也不能拒绝长大。

和丰先生一样,对孩子的成长,我亦忧心忡忡。先生敢用文字说内心:"你们的黄金时代有限,现实终于要暴露的。这是我经验过来的情形,也是大人们谁也经验过的情形。我眼看见儿时的伴侣中的英雄、好汉,一个个退缩、顺从、妥协、屈服起来,到像绵羊的地步。"

"真不过像'蜘蛛网落花',略微保留一点春的痕迹。"学着像丰先生一样,虽没有漫画的美术功底,可还能描摹文字的小得意,留下数瓣春的痕迹,给我的宝贝,让幼稚、天真、纯洁、善良,好奇心强、想象力丰富,这一切幼儿时期的美好材质,不泯不灭,一直保留在文字里。

查伊璜的慧眼

蒲松龄的《聊斋志异》，书中精鬼狐仙，书生美女，动物植物化作精怪，看得多了，自然就厌烦。某日闲读，突然就对柳泉居士纳入书中的"史人史料"兴趣大增，一篇《大力将军》，让我不得不为蒲留仙为后世读者留下的"善恩必报"的大德文字而称颂。

千里马逢遇人生伯乐，是人之大幸，正如查伊璜慧眼识得大力吴将军，吴将军得势后知遇报恩。聊斋先生的书后评语，异史氏曰："厚施而不问其名，真侠烈古丈夫哉。而将军之报，慷慨豪爽，尤千古所仅见。如此胸襟，自不应老于沟渎。以是知两贤之相遇，非偶然也。"

更让我惊诧的是，查文史资料，查伊璜，史上确有此人。余世存先生在他的传记新书《家世》中，提到海宁查氏家族，顺藤摸瓜终于找到小说中的历史原型——查家十一世查继佐，即大名鼎鼎的东山先生查伊璜。在余先生的笔下，这是一位继往开来，博闻强识，经史百家与艺术无不精通，明末清初海内外闻名的一位奇才。

而异史氏蒲松龄的《大力将军》的小说结语说："后查以修史一案，株连被收，卒得免，皆将军力也。"在余世存的《家世》中提到："康熙二年，史上惨烈的文字狱之一的'明史案'结案,庄廷鑨被开棺戮尸,庄家获抄满门,涉案者被杀七十人,其中凌迟者十八。查继佐得到地方大员吴六奇的营救,得以脱罪。而吴六奇身为提督,敢于为查继佐开脱,因为少时做叫花子,遇到查继佐,查待之极厚,而不忘旧恩。"吴六奇正是蒲松龄小说笔下的吴六一的原型。

而这一故事也有另外的文学版本,比如清代文学家钮琇的《觚剩》一书中有《雪遘》一文,记载查继佐独酌赏雪,见一乞丐破衣烂衫却气宇轩昂,便招其同饮,后又赠寒衣,勉其自强。入清后,此丐积军功官至提督,专诚邀查赴任所,后赠宅邸以报当年一酌之恩,并送一座名为英石峰的奇石给查继佐。

慧眼识得吴将军,知遇之恩必有大报。我相信祖辈善德,必余荫后辈。海宁查氏家族到金庸——查良镛这一代,再起辉煌。现代文学史上的著名诗人穆旦,本名查良铮,乃是金庸族兄,近年被许多现代文学专家推为现代诗歌第一人。金庸、穆旦,这对已被后世许多读者忘记了他们的原姓,两个查氏兄弟,文坛之名在当今,早就超过了他们的查氏祖辈。

文学精神之父

夜的深处，静对书案上孙犁的半身塑像，我时常陷入沉思：我与先生之间应是何种关系？

先生离世那年，我正在青春迷途，必须面对物质和精神的唯一抉择，在夜与昼不停徘徊，于两处泥沼里挣扎，要么放弃读书写作，要么选择清贫的自由和精神的富足。偶尔从保定街头的一处晚报栏上"那一缕荷香"的祭悼中警醒：大道低回，大味必淡。那一刻我知道终于找到了我的精神之父。

有心理学家说："在人的青春时期，正是心理迅速成熟的精神成长期。精神成长是需要精神之父的，而这个精神之父往往是生身之父无法胜任的。这个精神之父也许是一个道德文章俱佳的老师，也许是一个领域声望非凡的人物。"从少年到青年时期的孙犁，因为读书，因为文学写作，找到了他的文学精神之父。鲁迅，就像一盏明灯，在读书写作上给予他整个人生光明和希望，从少年到晚年，整整照耀了他的一生。在灵魂深处，他就像鲁迅那样忠于自己的信念，决不因风吹草动而动摇。

"推崇鲁迅先生，他尊奉鲁迅为师，努力学习鲁迅，自称一生受鲁迅影响最大。"在孙犁先生的内心深处，时刻信奉着他的精神之父,然后自觉地承继了鲁迅的文学衣钵:"自觉要当文学家,强调作品的文学性,重视作品的生命力。"不论是他早期的小说散文,还是他晚年的文论和读书记,或多或少,或深或浅,或隐匿或直白,剖析国民品性,呼唤人间的真善美,这一主旨始终贯穿先生的文字。到他晚年的《耕堂读书记》,时不时地都能找到鲁迅的影子。那些线装古旧史书典籍,十之七八来源于鲁迅书账,版本都近似。

在保定古城育德中学,当孙犁还是一个文学少年时,就已经开始关注世道人心,已经开始将文学和民族的命运联系在一起。鲁迅的文化战士身份,鲁迅的民族脊梁,鲁迅文字中的不屈灵魂,使少年孙犁产生崇敬感、亲和感。孙犁经常在报刊上读鲁迅文章,以至入迷,达到狂热的程度。他每天下午课后就直奔图书阅览室,读《申报·自由谈》上鲁迅的文章。抗战爆发后,孙犁以文化战士的身份,以笔作枪,投入到抗日洪流中去,用他独有的最唯美、最诗情画意,又是生命力极强的史无前例的"荷花淀"文学写作笔法,展现一个年轻的"冀中文学之子"在侵略者面前的坚强和勇敢。

孙犁先生的晚年,历经人生磨难,重出文坛,苦苦跋涉,独自前行,终于完成了他的耕堂文录十种。生命最后的他,弃笔独思,用他离世前的所有时间,苦苦追索追忆,和精神之父鲁迅相比,自己还未曾达到的文学高度、思想境界,其中的生命遗憾和精神痛苦唯有自己知道。

孙犁先生诞辰百年,离世十年的今天,在暴涨的房价,空前的物欲横流,和扰扰攘攘的现实面前,我感谢书案上的那尊孙先生的铜像,以及十几年阅读的先生文字,在读书写作道路上,不断促我前行。他们让我安心淡定地远离世俗喧嚣,在保定这座古城边缘,固守着我的文学信念,用写作一次又一次战胜现实中的彷徨和迷茫,不断释放内心的郁结和惆怅。

"然于写作之途,还是不愿停步,几乎是终日,不遑他顾,夜以继日,绕以梦魂。"我从来没想过自己的写作要达到何种高度,也没想过十年百年后,能否有人能记得我。我欣慰和幸运的是,在我人生成长的路途上,遇到文学前辈孙犁,这位精神之父,在我迷途的时候,能给我希望和力量,朝着那缕温暖光明的方向前行。

文字的妩媚和温暖

"己心妩媚,则世间妩媚;己心温暖,则世间温暖。"此言出自作家凸凹《文坛二老》中的首篇——《汪曾祺》的结束语。我记忆深刻,忘怀不得,某日在读书名博靳逊的"耕耘书坊",在一篇《汪曾祺的脾气》后跟帖留言。

跟骨灰级的"汪粉"们比起来,我更多接触的是他的回忆散文随笔传记。他对故乡的那份"水样"情怀,十几年来一直洗润着我的心胸、我的文字性灵,而且使我对江苏北部那座不大的城市——高邮,竟有了梦的眷恋和向往。当然,这种浓得化不开的文字情结,只有将汪先生的一本旧书,小说也好,散文也罢,捧至手中,重新被老先生的文字柔软的、平和的、静静的水样情怀再次洗练和温暖。

靳逊说:"汪曾祺的书,拿在手里揣摩,真是如见故人那般亲切。"真是这种感觉,十几年前,我茫然失措,进退两难之时,正是遇到了他的那本《草木春秋》。

沈从文在一次给汪曾祺的信中谈了自己初来北京的遭遇。信中说那时沈先生才刚刚二十岁,在北京举目无亲,连标点符号都不会用,就梦想着用一支笔闯天下。但只读过小学的沈先生最终成功了,成为国内外享有盛誉的大作家。读着沈先生的信,汪曾祺先是如遭棒喝,后来终于想通了:我有一支笔,写得一手好文章,还怕什么呢?

汪曾祺后来说自己的文字就是"人间送小温"。他的这一微微小暖,使我在彷徨失意,走投无路,找不到春天的二十八岁那年,就像年轻时的汪曾祺,从恩师沈从文那里得到嫡传。找一个与读者最平等的角度,娓娓地跟你谈点什么,让你读过之后,瞬息之间就能使心灵的毛孔次第张开,有种水样的温暖情怀。

我要感谢这种温暖,当年它拯救了我,使我读过先生的文字后,懂得了手里光有一支笔还远远不够。我看见了春暖花开,冬去春来,那是因为有种温暖赶走了地冷天寒。要想文字开花,先得心里有暖,你才会温暖读者。

十几年后,再读汪曾祺,他的凡人小事、乡情民俗、花鸟虫鱼、辞章典故等等小品文字,就像作家凸凹那样,给我一种生命的温暖。我仿佛回到故乡的那间老屋,在一方用泥砖垒砌的火炉旁,有一个来自水乡高邮,一个爱讲故事的老人,在忽明忽暗的炉火旁,讲他自己或别人的故事。

这种感觉,常让我想起文学前辈孙犁,他们彼此的文字,有着别人无法抵达的睿智大境界,都有水性的情怀,有着同样的妩媚和温暖。我希望这种感觉深植我心,有一天,我能幻作他们,无论其中的哪一个,我都心甘情愿地接受他们文字里的精神和灵魂:"己心妩媚,则世间妩媚;己心温暖,则世间温暖。"然后,将自己和那个火炉,合为一体。

明人文字奇葩

老作家施蛰存说过："明人小品是古典文学作品百花中的一朵奇葩。"我终究在甲午年(2014年)初,抽闲得空,来一赏这朵花中奇葩。此"花"不赏便罢,一赏才知缺了它,明代文坛风景皆差。

本想囫囵吞枣,速速读来,从头至尾,很快杀青。结果,不读不知道,一读方才知晓,为什么周作人、梁实秋、林语堂等民国散文名家们一致推崇明代散文小品。其短,其小,其巧,其妙,其精,其绝,其对后世散文的影响之深,使后世文人从书简、日记、杂感、随笔种种,文坛再怎么大的家,其文字也无法达到的"明人小品文高度",再怎么仿效追随,也不过是步明人后尘,拖着长长的历史旧影,拾人牙慧,东施效颦。反倒不如自走一路,重造文风,如鲁迅的檄文,像胡适的白话文,还有徐志摩的诗文,其无法复制的独创性,令后世拍案称绝。

返回来再看《明人小品选》中,因为编者卢润祥的慧眼,去芜菁地仔细甄选,选注的篇篇明人小品,其文学价值、欣赏价值,高度非同一般。细细读来,竟能感受明人之雅秀,之悲凉,之欢,之乐,之天地性灵,之苍生纪事,之愤世嫉俗,之失望,之希望,之不泯的文学性情。

薄薄书册,相对于袁宏道的"世间无可恋,除却死,更无乐事",袁中道的"人心如火,世缘如薪",读来令人不由发指,不寒而栗。以及陶庵主人张岱的极度愤世,把世事看成毒药猛兽,甚至达到生不如死的地步,我更喜欢将美的意识和不泯希望置于失望绝望之上的文字。

　　我喜欢归有光的《寒花葬志》,短短的怀念里,有小婢女的着装打扮,有她的稚气行止,有她的无邪天真;也喜欢小品文中对一山一石、一烟一水、一花一鸟、一亭一舟、一茶一座等自然风物,或某些人情世态一语道出的真性情;我还喜欢书简、日志、墓志铭、序跋文字中独有的句法、字法和调法。

　　更爱汤显祖,不愧是写过《牡丹亭》这样的古今文章大手笔,其大剧作了得,小品文也绝不输于他人。小品文中的书简文字,让我拐进又一个古典文学胡同。陈丹青编木心的一本《文学回忆录》,说木心首推《玉茗堂尺牍》。木心盛赞汤显祖,称之为中国的莎士比亚,叹其诗词无法翻译,否则莎翁读了一样惊动。

　　此书,汤显祖与朋友间书信答酬,仅选六封,依然管窥略见,其朋友之交,直抒胸臆,豪爽温茂。有文友读过《玉茗堂尺牍》后,感慨道:"读完汤显祖的尺牍,就仿佛看见玉茗堂的白茶花一样,纯白得天真,值得后世天真客追慕!"

这个甲午早春,因为一本明人小品,回暖乍寒的冷意中,在不经意间,抬眼看见,窗外柳梢上春天的第一抹新绿。

第六辑　读周氏兄弟

鲁迅这只"踏脚"

鲁迅年轻时喜欢日本文学的"白桦派",曾经赞赏有岛武郎的《给幼小者》,并非常喜欢其中的一句话:"希望你们毫不客气地拿我做一个踏脚,超越我,向更高更远的地方走去。"

进入晚年以后的鲁迅,更希望自己能做文学后辈们的一只踏脚,渴望文坛后来人,以自己为垫脚石,毫不客气地超越自己,向着更高更远的地方走。

然而,百年文坛风云,在文学、思想、教育方面,哪怕单独一方面,有谁敢拍拍胸脯说:"我已经赶上了鲁迅先生!"更不用说诸多方面,百年文坛,执牛耳的周氏大哥鲁迅依然是座仰止的山峰,令后世文人望其项背。

灯下读书,读鲁迅,读着读着,不禁喟然一叹:"小女子人生四十,可叹我才疏学浅,我负文字,更负文学先师!"逝者如斯夫,我亦负光阴。"宁愿做一只踏脚"的鲁迅,在天上用他的民族魂魄俯瞰人间,我想他在天之灵,一如生前,用他的倔强冷眉、炽热胸膛,希望后世人能够自立、自尊、自主、自强,拥有起码的做人原则和生命尊严,在文学、教育、思想上,能够涌现出"民族脊梁式"巨匠先哲大师。

在这只文学、思想、教育巨匠的踏脚的后面,还有千千万万的后来者。他们终其一生,以鲁迅精神为指路明灯,历经各种坎坷磨难照旧铿锵前行,甚至在生命最后,都在竭尽最后一丝气力,哪怕在某一方面,希望离鲁迅先生近些,更近些。

我觉得这些千千万万以鲁迅为踏脚的跋涉者中,最具代表性的就是周作人、孙犁、萧红和吴冠中。

纵观这几个人的一生,不管是耄耋高寿,还是英年早逝,生命过程都起伏跌宕,饱受精神苦难。伴随孙犁一生的脑疾,如影随形;晚年知堂老人的"多寿多辱",被边缘、被唾弃、被红卫兵苦苦折磨;才女萧红离开故乡到香港,更是一路辗转,一路苦难,爱情、婚姻伤痕累累;还有"文革"时的"粪筐画家"吴冠中到晚年备受争议,满脸沧桑,满目愁郁,一生画作与"荼"字不离左右。而这些身外之苦,相对于他们精神上的巨大苦痛,根本无法可比。

晚年的周作人,他的知堂散文,更是以回忆家兄鲁迅居多。附逆后,周氏二弟在生命环境的最边缘,又是长兄救赎了他,是鲁迅,给了他第二次文学生命。无论是《鲁迅小说里的人物》,还是《知堂回想录》或者《鲁迅的故家》,能从人生的最低谷,一点点重新跋涉攀登,他抓住的生命稻草,无疑就是他的长兄鲁迅。

在古稀之年,他的那些回忆文字中尽显长兄对他的影响。在文学写作的道路上,从散文到翻译,无处不受大哥的鼓励、提携，甚至在日本他翻译小说时的懒惰，也是长兄对他毫不留情地进行暴力鞭策。而他晚年，日日写作，时时读书，勤奋著述，和他记忆中的长兄的期望关系最大。而他最孤独最痛苦的时候，不是因物质、病痛、环境带给他痛苦，而是因他高处不胜寒。有谁还能像兄长、最知音的大哥鲁迅那样，与他并肩作战？

读孙犁的耕堂书话，处处都能寻到其苦苦追随了一生的先贤大师鲁迅的身影。从青年时的读书写作，到晚年读书论文，尤其是他在《鲁迅日记》出版后，如获至宝，"追步先贤，按图索骥"，按照鲁迅书账，四处搜求，到南京、北京、上海、苏州等地，函索书目，邮购书籍。然后又用后半生的时间，虔诚地接过鲁迅先生的文学衣钵，在文坛继续苦苦跋涉，独自前行。晚年的孙犁，弃笔独思，用他离世前的所有时间，苦苦追索，和精神之父鲁迅相比，自己未曾达到的文学高度，其中的痛苦唯有自己知道。

电影《萧红》上映以来，上座率很惨淡。我总觉得，电影未能体现挣扎在萧红内心深处对于文学艺术一辈子都无法抗拒的精神力量。特别是萧红在上海时与鲁迅之间的羁绊。在她的《生死场》发表以后，我觉得，萧红真正找到了她在文字写作上的父亲。所以，在她短暂的生命历程中，无论被弃、受伤、战乱、病痛，甚至生命的最后一息，她都在朝着自己的文学创作的最高处，苦苦跋涉，因为有神明一样的光芒,给她希望与憧憬,那就是鲁迅。

萧红生命最后的痛苦,不是萧军,她一辈子最爱的三郎;不是端木蕻良,把她扔在病床上,交给比自己小六岁的骆宾基照顾;不是因为战乱而误诊的病魔。萧红心最不甘的是她未完成的"半部红楼",她把自己小说的目标高度直指无人敢于超越的小说大家曹雪芹,年轻的萧红,敢! 而她离世的痛苦,也最大。

大画家吴冠中,在他的晚年自传《我负丹青》里,更是直言不讳:"在我看来,一百个齐白石也抵不上一个鲁迅的社会功能,多个少个齐白石无所谓,但少了一个鲁迅,中国人的脊梁就少半截。我不该学丹青,我该学文学,成为鲁迅那样的文学家。"

跻身世界画坛的中国油画大家吴冠中对鲁迅的赞叹,绝非有意贬低齐白石。他那颗火热的赤子之心,多么渴望中国能出现更多鲁迅那样的思想大家,就像精神教父一般,照耀指引着更多中国大地上千千万万在人生路程上不断跋涉的后来人。而他的所有的痛苦就在于,这样的大家,在他生前,没有出现。所以他说:"我不该学丹青,我该学文学,成为鲁迅那样的文学家。"

《域外小说集》遇"知音"资助

《域外小说集》,五四新文学运动中的经典书刊,具有较高的史料价值和文物收藏价值,被视为当代文物收藏中的顶级藏品。在 2007 年北京海王村中国书店秋季拍卖会上,五四新文学运动书刊中早期版本译作《域外小说集》,拍出二十九万七千元的天价,足见其珍贵。

《域外小说集》是鲁迅与胞弟周作人合译的外国短篇小说选集,共两册。早年鲁迅留日期间在东京出版,署"会稽周氏兄弟纂译",由周树人发行,上海广昌隆绸庄寄售。《域外小说集》在东京出版,却为什么在上海广昌隆绸庄寄售呢? 这就要提到一个关键人物,那就是鲁迅先生所说的"知音"蒋抑卮。

蒋抑卮,名鸿林,字一枝,又作抑卮,浙江杭州人,1902 年 10 月赴日留学,此后与鲁迅相交,并曾资助鲁迅入仙台医学专门学校的学费。1909 年初,蒋抑卮因耳病复发,再次赴日到东京医院就医。鲁迅得知后,便与许寿裳一起前往医院探望。在日本就医期间,鲁迅谈起翻译《域外小说集》之事，蒋抑卮颇为赞赏，决定资助其出版，由他来代付印刷费用。

周作人在《鲁迅的故家》中，也提到蒋抑卮给予《域外小说集》具体的出资情况："他虽是银行家，却颇有见识，旧学也很好，因此很谈得来，他知道鲁迅有介绍外国小说的意思，愿意帮忙，垫付印刷费，卖了后再行还他。结果便是那二册有名的《域外小说集》，第一册一千本，垫了一百元，第二册减少只印了五百册，又借了五十元，假如没有这垫款，那小说集是不会得出世的。"文中又说道，"此书在东京的群益书社寄售，上海总经售处是一家绸缎庄，很是别致，其实说穿了也极平常，因为这铺子就是蒋家所开的。"蒋抑卮逝世后，周作人在《纪念蒋抑卮君》文中一再提起："假如没有他，《域外小说集》便不能出。"

由此，鲁迅的《域外小说集》被上海蒋家的广昌隆绸庄经销代售，原因也便明了了。

记忆深处的兄长

——读周作人《鲁迅的故家》

从小学到中学,阅读鲁迅读到"畏惧",到最后不得不放弃。

近些年,读周作人的小品散文渐入佳境,晚年的周作人因为生活所迫,写了许多回忆兄长鲁迅的写实散文。这些散文书籍中我比较喜欢《鲁迅的故家》一书。从这本书里我们终于能够看到另一个版本,一个更为真实,不再高高在上,走下神坛的凡人鲁迅。沿着知堂老人回忆兄长鲁迅的文字轨迹,我们仿佛看见,晚年的周作人灯下埋头伏笔,浮想联翩,用他真实而简约的回忆文字,叙述他记忆深处的兄长——鲁迅。

当初在一旧书冷摊发现这本署名"周遐寿"并且有些暗黄发旧的名为《鲁迅的故家》的初版本,我并不知道文章的作者和内容。是一贯喜欢收藏鲁迅旧籍的我家先生坚持要买,花几元钱买回来看过之后,才知作者乃是鲁迅的二弟周作人,翻翻这本书版权页,是 20 世纪 50 年代出版。我猜知堂老人认为自己与兄长的崇高伟大比起来,实在不宜直接露面,只好用一个"周遐寿"隐藏起来,就连自己的母亲,也如同介绍鲁迅情况的他人一样,用一个"鲁老太太"。

作为鲁迅二弟的周作人，在五四新文化运动中，他和兄长鲁迅绝对是一对并肩的文化闯将。他们曾经一起投入战斗，珠联璧合，有过多次精彩的配合。作为兄弟俩，在故乡绍兴的百草园和书塾，从小一起捉虫逮鸟游戏学习。作者记忆深处的绍兴老屋，关于故家周氏同族里描绘的人物，或呆或伪，或酸或憨，或藐或悲，神色突出，形象跃然纸上。许多迁愚的趣闻，读来时时令人喷饭，妙趣横生。百草园园内园外日常琐碎、家长里短、鸡鸣狗盗，无不是娓娓叙来、情趣盎然。从孔乙己喝过酒的咸亨酒店到北京绍兴会馆，从酒店的老板再到鲁迅生前往来不断的朋友，然后是留学东京的日常生活起居，深藏在弟弟心底的那些陈年往事，即便背景有些暗淡、模糊、遥远，可任凭岁月的磨砺依然无法抹去。无怪乎晚年的周作人有一次送一位来访友人出门，曾经指着院中的一棵丁香树对访客说："这还是当年家兄亲手栽的。"言语之间所流露的对兄长的那份情谊任谁都能感觉得出来。

在作为一代散文宗师的周作人眼里，鲁迅绝不是被神化的高高在上的崇高偶像，而是一个有血有肉，亦有七情六欲，有过成败得失的普通人。这种认识一直贯穿他的一生，即便

在鲁迅已被高度政治化只能仰视膜拜的年代也没有更改。如今当中学课本里鲁迅的许多篇章渐渐淡出,当我们把鲁迅当作一个普通人来读的时候,我们不能忘记周作人。

在《鲁迅的故家》里,周作人用自己尽可能的真实之笔,为我们还原当年鲁迅曾经成长、生活、学习、工作过的时代空间,包括鲁迅文章中的人物的原型,比如私塾先生寿镜吾,比如保姆阿长,比如孔乙己,等等。当然我们也能从中看到作为鲁迅二弟周作人的影子。因为"鲁迅的故家"也就是他自己的故家。

手捧这本发黄发旧的《鲁迅的故家》,每每读完书里的任何一小篇,咂摸此书中的回忆趣文,都感觉像是坐在一安详的老者身边,听他细语道来,听老人讲他记忆深处的兄长。

《知堂五十自寿诗》背后的知音兄弟

1934年1月13日，周作人仿作"牛山体"，作打油诗一首："前世出家今在家，不将袍子换袈裟。街头终日听谈鬼，窗下通年学画蛇。老去无端玩古董，闲来随分种胡麻。旁人若问其中意，且到寒斋吃苦茶。"1月15日，周作人旧历五十生辰，在"苦雨斋"设家宴招待友人，共五席，当堂乘兴再作一首。

一帮京派文人钱玄同、蔡元培、沈兼士等也加入和诗吹捧，连白话文的倡导人胡适也写作打油诗以应和。

1934年4月5日小品文半月刊《人间世》创刊，"幽默宗主"林语堂提倡的"以自我为中心，以闲适为格调"的小品文，完全是周作人的品位。在上海的《人间世》创主林语堂，向远在北京的鲁迅二弟周作人索稿，实在聪明之至。

周作人应约随意抄写给林语堂，然后就被"幽默宗主"冠以"五秩自寿诗"的标题，以一幅十六英寸放大的周作人半身照片，并配用黑边框起来的周作人手迹，揭开了创刊号的扉页，向文坛亮出一块"周"字小品文招牌。上面一杯来自京城"苦雨斋"的苦茶，就这样向以鲁迅为首的左翼文学，摆开笔战阵势，同期还发表了沈尹默、刘半农、林语堂等友人的和诗。

引进舶来品"幽默"一词的"林大师",不愧文学大师称号,绝对好眼力、好嗅觉。他为自己刚刚创办的《人间世》杂志,找到了最大的卖点、大肆炒作的最好材料。况且他深知周氏兄弟京沪两边,彼此笔战不休,相互争斗,以他们在当时文坛的巨大号召力,周家老二这"五秩自寿诗"一经刊登,他旗下的这杂志不火才怪呢。果不其然,幽默大师林语堂那几期的《人间世》一时洛阳纸贵,卖到断货。尽管京城八道湾苦雨斋,那时门庭若市,车马喧闹,高朋满座,但是在文学论知的最高层面,苦茶庵主内心深处多么渴望他的兄长能读到他的自寿诗中的意味,能与他华山论剑,语出争锋。

周氏兄弟,的确是灵犀相通,彼此靠近,相互懂得。凭着和兄长的心灵相通,周作人从古稀到耄耋的大部分时光,去著述,去回想,去面对,去回馈,给后世留下最真实的他记忆深处的那位"长兄"鲁迅先生。

晚年周作人,在周氏兄弟共同的知己朋友曹聚仁的力邀之下,开始写他的回忆录。书中将近五分之二的文字,都是回忆他的兄长周树人的,可以说,这正是他对鲁迅达半个世纪的歉疚偿还和弥补。这本《知堂回想录》中明明白白地写着,老人当年的《五秩自寿诗》发表时,鲁迅给曹聚仁的信中表达的态度,知堂老人深表欣慰和感激："对于我那不成东西的二首歪诗，他(鲁迅)却能公平的予以独自的判断……是十分难得也是可佩服的。"

周氏兄弟的两方印

　　周氏兄弟,当然是鲁迅和周作人。在他们众多印章中,我最喜欢的,是风格完全不同的两方印。一是鲁迅的"只有梅花是知己",另一方是知堂老人的那方"寿则多辱"。

　　两相比较,梅花性格,是鲁迅的为人为文的高标志;"寿则多辱"是知堂老人晚年的全部写照。一个令人仰止,一个令人伤心,可是我却难以厚彼薄此,两方闲章面前,周氏兄弟,就仿佛是中国文学史两座巍峨山峰,彼此遥相呼应。

　　"只有梅花是知己",说起它,还要说到鲁迅的儿时,据说他在"三味书屋"的书桌上刻"早"字,是深受其叔祖周芹侯的影响。那叔祖多才多艺,喜欢篆刻,他刻的印章,在少年鲁迅的眼里可是不同寻常。晚年周作人在《鲁迅的故家》一书中,就有一篇《上坟船》的文字,写的正是这方印。文中写道:"不记何年,中房芹侯在往调马场舟中,为鲁迅篆刻一印,文曰'只有梅花是知己',石是不圆不方的自然形,文字排列也颇好,不知怎的钤印出来不大好看。这印是朱文的。"据说,鲁迅从未使用过,但是他一直珍藏,不曾舍弃,用此印以寄托对故乡、对叔祖的一份深深怀念。

相对于长兄的因病早亡，周家二弟是很长寿的，因为他早年与鲁迅的失和断交，更因为他那段不光彩的"文化汉奸"历史，他晚年用"寿则多辱"来形容再也合适不过。晚年周作人，大隐隐于市，以戴罪之身，身居北京八道湾。"寿则多辱"的这枚闲章，更像是他的代言品，被剥夺政治权利，斯文扫地，颜面尽失，到了"文革"更是受尽凌辱。这四个字，囊括了他从古稀到耄耋的凄惨悲凉晚境。

每观书册中知堂老人"寿则多辱"这方闲章，赏和悲互相交织，有两个原因：一是读知堂老人写给鲍耀明的书信，一个是听止庵讲晚年周作人。而2012年秋天北京嘉德拍卖场上，大多印有"寿则多辱"的《周作人致鲍耀明书札》竟拍出四百四十二万七千五百元天价。

知堂老人写给鲍耀明的信谈得最多的是他的苦和辱：备受冷遇，不能自由写作，写的文字不能及时发表，钱不够花，妻子臆病多发，译书多扰。他晚年可哀可怜，甚至要托钵乞食，一副可怜可叹的老人样。

就是这样一个老人，止庵先生说他，上午去派出所领宣判书，下午就坐在书桌前开始译古希腊对话录。他用晚年的病弱之躯，坦然平和，写书译书，用他晚年的唯一快乐——写作来应对现实的痛苦和屈辱，用他达观的生命态度，写了《鲁迅的故家》《鲁迅小说中的人物》《知堂回想录》，以及译出多卷本的希腊、俄罗斯、乌克兰、日本等国的文学名著，并且编选《明清笑话集》等。

周作人八十岁时，托人转请金禹民刻下一方"寿则多辱"闲章，出自《庄子》一书中的庄子述尧对封人之言的四个字，不止一次出现在信头信尾，特别是在给友人鲍耀明的信中多次出现，真是"情乎见辞"。

更不幸的是，1967年5月6日立夏日中午，周作人吃了碗玉米粥，而下午两点多钟，邻居发现他趴在铺板上一动不动，家人被叫回来后发现周作人已身凉气息。闲章上的"寿则多辱"，知堂老人的预知终成现实。

两个老人一本书

——读《知堂回想录》

读上下两册一套的《知堂回想录》，再次感受到知堂老人的独特笔风。《知堂回想录》是周作人晚年的封笔之作，是一部自述传，是作者生命最后回忆所想的周氏人生过往。全书共分四卷，文笔平和冲淡，亲切而不失幽默，

读《知堂回想录》，是因为偶读一本曹聚仁先生的《文坛三忆》，知道了曹聚仁竟是当年浙江第一师范的学生领袖、弘一法师——李叔同先生的学生，并且粗略知道他是周氏兄弟的"超级粉丝"。书没看完，又从故纸堆里翻来一些曹聚仁的纪念文章。读前，我心平无漾；读后，我仰面长叹。

墙角书架上那本《知堂回想录》，刚从旧书摊上淘来那会儿，淘书迷老公就热心建议我，应该好好读读，他说，这是两个文化老人在人生最后的岁月里留给后世文坛的"绝响之作"。

当时，我正热衷于读当代人物传记、散文随笔，津津有味，一

本又一本。那本《知堂回想录》放一边，也就被搁置起来。重新掸落书封面上的那一层灰尘，我的心情，有别样滋味在心头。两位老人，历经半个世纪的友谊，并不因为某些历史原因而隔断，惺惺相惜，一个写，一个编；一个在文化浩劫中迫害致死，一个顶着巨大的心理压力，在他年老衰残、腹痛如割的残烛晚年，践行了他对这本书的托付出版。

《知堂回想录》最初名为《药堂谈往》，是周作人晚年被迫害离世前的封笔之著，它的出版浸透了友人曹聚仁的一腔赤诚和热血，堪称"周曹友谊"的见证结晶。可我觉得，这其中不仅仅是因为这部书是在曹聚仁的建议与鼓励下写成的，还包括了曹聚仁对周作人这位与兄长鲁迅反目，走过人生弯路，"大事糊涂"可在新文化运动中绝对不可或缺的文化大家的竭尽全力的推崇。也可以说，曹聚仁在那场文化浩劫中为后世奋力抢救，终于留下"周氏文化"财富中最后的一笔。

钱理群教授说：从1960年12月10日起笔，至1962年11月30日完稿，前后经历两年多的时间；以后的发表、出版，却有着太多的曲折，其间周作人与曹聚仁之间有过许多通信，记录了其中的种种艰难与辛酸。但直至1967年5月6日周作人惨死在"文化大革命"中，此书仍未问世。

书未出版，人已逝。曹聚仁就像周作人的大哥鲁迅说的那样,"拿着亡友的文稿,就像揣着一把火,以致在重病中仍然焦灼于心"。为了这本最初定名为《药堂谈往》的亡友之书,曹聚仁抱病代为周作人校对书稿,春蚕蜡炬,不惜余力,为周作人倾尽朋友之意。

在他的《校读小记》中,曹聚仁如是写道:"年老衰残、精神不济,伏案校对,腹痛如割。"此等情景,直教读的人心痛如绞。

1970年《知堂回想录》终于出版,书前刊载着周作人生前写给曹聚仁的委托书的手迹,书后附有周作人的《后序》,对曹聚仁"待人的热心,办事的毅力",表示"感佩",以为这也是"蒋畈精神的表现"。

而对于被红卫兵折磨致死,已逝世三年有余的知堂老人,同样已是风烛残年,风吹即灭的曹聚仁,对此一直耿耿于怀,为周作人没能见到这部著作而常表遗憾。

《准风月谈》封面的那方印

当初路过旧书摊时，本着随便翻翻的心思，一眼盯上那本旧得发黄的《准风月谈》，它最吸引我的是书名下方的那方印。凭我肚子里的那点知识，根本不知道那印上的两个篆字。

问过老公后，知道了它们是"旅隼"，鲁迅众多笔名中的一个。老公说：鲁迅晚年经常使用两方略小的印，一红一白，一个是"鲁迅"，一个是"旅隼"。

1933年，郑振铎给鲁迅的信中说："名印托刘小姐刻，就够好了。"信中的刘小姐，正是那两方印的刻印者，深得齐白石赞赏的弟子刘淑度。

齐白石先生曾评价她说："篆法刀工无女人气"，"殊为闺阁特出也"。信中称呼"刘小姐"是因为这位齐氏篆刻女弟子，因为致力篆刻，一生未嫁。

据说，1932年郑振铎任教燕京大学时，教学之余，编写《中国文学史》等著作，刘淑度作为他的助手。郑振铎和鲁迅合编《北平笺谱》时，刘淑度四处奔走，帮助搜集画笺,联系印刷,使笺谱顺利印成。

为了感谢她,鲁、郑把两人签名的一部《北平笺谱》送给她。鲁、郑通信过程中曾两次提到过她。后来,鲁迅知道她精于篆刻,便托郑振铎为之求印,让她在"鲁迅"和"旅隼"中任刻其一。

根据文字内容反复琢磨,刘淑度精心设计,将两方印都给刻了。刻完后,拿给老师齐白石看,齐白石看过两方印后,对"鲁迅"印十分满意,但觉得"旅隼"印中的"旅"字结体有些不妥,白石老人就拿过来,修改了"旅"字中一笔。

刘淑度本想再重刻一枚"旅隼",可当时,郑振铎急着去上海,顺便把印章带给鲁迅,因此郑振铎看后说:"我看很好,不用重刻了。"郑振铎走得匆忙,刘淑度连边款都没来得及刻上。

鲁迅收到两方清雅平正、古朴俊秀的印章后,非常满意。后来他为自己的杂文集《准风月谈》设计封面时,特意把"旅隼"印章钤在上面。这就是旧版《准风月谈》上那枚小小的方印。

日常生活的庄严感

　　读一本耿传明教授著的《晚年周作人》(现代出版社)，从年前到年后，搁在床头的枕边书，断断续续地读，案头搁置的那棵白菜老根都开出了灿黄色花，才算收尾。

　　读到书尾，惊叹南开耿教授所引胡兰成的断语，来佐证晚年周作人的生活、遭际和命运的前因后果，来龙去脉。

　　我对胡兰成向来无兴趣，很少看他的文字。但或许同样的遭遇，能找到同样的人生病灶，胡兰成谈到周作人时，这样说过："周作人的一个独特的地方，就是他所表现出的，已经在现代中国人中不多见的那种'日常生活中的庄严感'，周作人是一个在日常生活中极端严谨，极重礼仪的人，这大概跟日本文化的影响有关。"

　　"日常生活中的庄严感"，在他的前半生给了他太多学者、绅士、名流的做派，让他曾经叱咤五四文坛和京城一帮学者文人构成京派作家圈。无疑周作人就成了这个圈中领袖，和他远在上海的兄长左右对峙，在文学建树上难分伯仲。

　　可是在国家惨遭异族侵略的抗战时期，在大是大非面前，他的这一"日常生活中的庄严感"，让他成为日后国家的罪人。一味的"庄严感"，使周作人贪图安逸，就想躲在书斋里读书写作；在"庄严感"面前，他不想离开京城，像北大众多知名教授那样拖家带口颠沛流离。比如抗战时的陈寅恪，流落香港，除夕之夜，宁可一家人每人半碗稀粥，共食一个咸鸭蛋，也不要日本宪兵送来的米面。别人是硬骨气、爱国心，在周作人这里，却还想坚持着他的"日常生活中的庄严感"。这大概是他落水的真正原因吧？

"日常生活的庄严感"，成也此，败也此。他晚年后毁誉参半，甚至在他生前"毁"远远大于"誉"。很长时间内，太多的读者限于他的"文化汉奸"，止步他的文字，所以很少人能认识到他的启蒙思想、他的散文创作、他的翻译著述。他被抛弃，被冷藏，被边缘化。

耿教授的这本《晚年周作人》，不同于止庵和钱理群

的周作人传记之处，正是在于突出了晚年的周作人生活在众多人物环境的背景中。相对于止庵的文字材料中的"文人大家"和钱理群的哲学历史中"鲁迅昏弟"的周作人，耿教授笔下的知堂老人是众多民国文人教授映衬下的"多寿多辱"老作家，一位到死都想保

持着他的"日常生活的庄严感",且"一说便俗"、在家修行的"隐士老僧"。

可是历史罪责,不能掩盖晚年周作人在文化上的卓越建树,和他为弟、为父、为夫的可佩之处。对于长兄鲁迅,对于后辈学人和他的八道湾家人,知堂老人无论是著述还是翻译,他已经倾尽全力。从耿教授取材于知堂老人的书信、日记、散文文字,以及他的同辈、后辈怀念知堂的文字上看,耿教授的确为我们解读了一个真实历史语境下的"晚年周作人"。

合上书册,突然就想采下案头的一小束灿黄的菜花,置在书尾处,衬着耿教授引用的知堂老人写给香港友人书信中的那句话:"无论是称赞或骂,都很可感,因为这比默杀好得多。"

知堂老人的疚痛与坚持

晚年周作人,写《鲁迅的故家》,写《知堂回想录》,写《鲁迅小说中的人物》,或是那些读书随笔。知堂回忆散记和长兄鲁迅鱼水一般,离开大哥,他不过是一条日渐干瘪枯死的鱼。即便说翻译,外国文学变国语文学,日语、英语、俄语、希腊语,谁能像大哥,最懂他的译作风格?

而今,重新认识周氏兄弟,再用大哥鲁迅文字中的"哀其不幸,怒其不争"来形容,显得格外无知、浅薄和落伍。躲在苦雨庵书斋,勤奋苦读,写书译书的文化老人给自己定名知堂和药堂老人,就像长兄鲁迅当年在日本,武力干涉他不能懒惰,要他勤奋著书一样。我一直认为,除了养家,他还想给天堂的大哥一个交代。

抗战失节,晚年惨死红卫兵的折磨之下,大多数人更多停留在他与长兄鲁迅的断交,与三弟建人不容的表层,而很少去了解这位周氏"昏二弟"内心的复杂情感。回到周氏三兄弟生活的那个年代,对鲁迅和老三的停妻再娶,周作人有自己传统文化和道德的理论坚持。

但是,能够还原真实的长兄周树人,能将五四运动以来新文化运动主将从神坛回归人学和文学的,让后世重新认识本真文化巨匠鲁迅的，我觉得不是别人，正是大先生的这位"昏弟"。

1970 年 5 月香港三育图书出版的老版本中，有一封知堂老人写给曹聚仁的信，信中直言："死后随人摆布，说是纪念其实有些实是戏弄，我从照片上看见上海坟头所设塑像，那实在可以算作最大的侮弄，高坐在椅上的人岂非即是头戴纸冠之形象乎？假使陈西滢辈画这样的一张相，作为讽刺，也很适当了。"

这封信，后来香港听涛出版社再版《知堂回想录》时，被撤掉了。而又过了半年，三育出版社再版，那封信再次被撤掉。据曹聚仁生前以"陈思"笔名写回忆文章说："他认为我对他认识较深，会扼要地说一些持平的话。可是，在老人死后那几个月，许大姐(许广平)对老人先后做了苛责，老人已经不在人世，在我这个落了伍的读书人看来，她未免有点失之恕道。"

后来曹聚仁经一位朋友提醒：家家有本难念的经，你又何必去念呢？周家的得失短长，并非世人一言断清，孰是孰非，那也是周家人自家的事。曹聚仁不想投入此是非圈中，所以被全权委托代表周作人在香港出版《知堂回想录》的他，再次决定把那封信撤掉。

而正是此信中，知堂老人的直言不讳，才让人了解鲁迅的平民本色。在二十世纪六七十年代那个特殊时期，即使与鲁迅先生生活了十几年的枕边人许广平，也不如知堂老人对长兄周树人看得真实准确。

　　更不用说知堂老人所著的那本《鲁迅的故家》,更是为后世研究鲁迅留下的第一手资料,而对于长兄的性格和写作经过,除了许寿裳,还有谁比周作人更了解和知晓?

第七辑　文史小品

李英儒监狱写就《女游击队长》

北京西郊有一座杏花山,山脚下筑有高墙围着的几座楼。它就是十年浩劫,那场史无前例的"文革"运动中,囚禁无数党的高级干部和无辜者的人间地狱——秦城监狱。正是在这里,一位蒙冤入狱的花甲老人,探监号为7003号,也就是1970年入监的第三号犯人,创造了当代文学的一项奇迹,他顽强地战胜疾病与寂寞以及无休止的人为折磨摧残,在监狱中写完两部长篇小说——《女游击队长》和《上一代人》。

他就是出生在我的家乡保定清苑李家桥的著名作家李英儒。他曾经以一部《野火春风斗古城》的小说驰名于新中国成立初期文坛,后又因为这部小说被搬上银幕,在那场史无前例的文化浩劫中,深受其害。真所谓"成也萧何,'祸'也萧何",电影被打成"大毒草",拍电影的被打倒,写电影的作者也被强加上莫须有的罪名,遭到逮捕,蒙冤入狱。

一间面积不到十平方米的单人牢房,陡起的四壁,一切器物都用铁皮包裹。铁门、铁窗、不透明的玻璃窗,一天到晚见不着天色,更有铁条在外牢固加护。就连牢里的"监灯"都被铁丝圈系着,墙角一个矮矮的瓷马桶,靠窗是离地一尺的木板床，一口真正的"活棺材"。

此时的作家李英儒虽是刚届六十岁的老人，但几年来的隔离审查，使他的身体陷入前所未有的虚弱状态。年轻时期的他在冀中保定等各县游击区连年抗战奔波。血与火的洗礼，使得本来就不太健康的身体在监狱里被折磨摧残得一身是病，瘦弱不堪。屈辱、悲哀、愤怒，这位经历了血雨腥风的老革命，想起他在冀中五一大扫荡时，领着同志们，带着几千群众奋力突围；在廊坊洼地，敌人几挺机关枪不停地扫射，他连滚二百米逃生；为了送情报，被逼无路，一咬牙冲进敌人的炮楼叫伪军开门，他们还不是乖乖地放下吊桥？而今天我们的前辈、革命作家，却身陷囹圄，想到了生和死。但是，在这十平方米的单间牢房，根本不具备任何自杀的有利条件。

两天两夜后，我们的前辈作家终于走出了低迷的精神状态，他开始锻炼身体，打冲拳、跑步、做全身运动，春夏秋冬，在这小小的牢房里，他的双脚差不多围着地球跑了一大圈。监狱非但没有摧毁他的病弱肉体，更没有削弱他顽强的斗志，异常恶劣的生存环境反而唤醒了他炽热的写作热情。

在这不足十平方米的单间牢房，他开始构思一部反映冀中抗战内容的长篇小说——《女游击队长》。短短的时间里，他为自己头脑中波澜壮阔的战斗画面激动，为自己决定塑造的女主人公激动。但是要把它们变成文字写下来，必须有稿纸。可巧，这时候家人送进来一套《资本论》。这本旧版书有着超宽的天头、地脚、切口、订口，而且页数可观，十分厚重，珍惜使用足够他用一年。没有笔，他就用送来的一支牙膏，把铅制的牙膏皮底角折下来制成蘸水笔。墨水，就是发给犯人使用的牙膏粉，红纸、报纸上的红字，集中到一块，泡在饭盒里。因为自制的红墨水颜色过浅，牙膏皮蘸水笔不好用，他不得已将自己的手背在马桶残缺处偷偷划破，借此要来半小瓶紫药水。然后，一部《女游击队长》的小说进入到写作状态。此时他还必须留神门卫的脚步声。

在写作最艰难的时刻，又是同他患难与共的妻子儿女送来了他想得到的写作工具。儿子冒着各种危险趁看守疏忽之际，秘密将圆珠笔和几支笔芯掖进他的棉鞋里，妻子把包有白报纸的包裹借机捆在李英儒的腰间。

有了真正意义上的纸和笔，李英儒开始精神倍增，小说创作进入到最佳最快的状态，他每天写作不少于8小时。每天夜里在被窝里想好章节词句，第二天一起床，就捧起《资本论》装作读书的样子，然后将夜里想好的文章誊到《资本论》的字里行间。单身囚室里，花甲老人，除去睡眠，打腹稿，奋笔誊写，他如饥似渴，每个月至少写上十万字。四十万字的初稿，他只花了三个月的时间。

1973年年底，长篇小说《女游击队长》初稿完成。李英儒在《资本论》的原稿上进行了一遍修改，便誊出清

第七辑 文史小品

237

稿。当妻子儿女再次来探监的时候，他把稿本秘密藏在裤裆里，和家人见面时，与家人急使眼色。妻子女儿分头和两个监视人员交涉有关李英儒面黄肌瘦应该改善生活条件，儿子李进军、李家平用高大的身躯遮挡，然后李英儒飞快掏出手抄本，大儿子又快速接过后装进衣兜。小女儿李小龙和儿子李家平，在母亲张淑文的协助下，抄写整理完成书稿。粉碎"四人帮"以后，这部完成于秦城监狱十平方单间牢狱中的长篇小说《女游击队长》，终于出版面世。

1913年，章太炎的喜怒哀乐

民国初年，国学大师章太炎素有"章疯子"的绰号。假疯真性情的太炎先生，在一百多年前的1913年，人生悲喜，起伏跌宕，从娶淑女到被软禁，中间有太多的喜怒哀乐。

"喜"的是又做新郎入洞房，名士娶了淑女妻。这年的6月15日，鳏居十年，四十六岁的章太炎，娶了小自己十六岁且写诗绘画才貌双全的淑女汤国梨为妻。蔡元培先生亲自当证婚人，孙中山、黄兴、陈其美等名流前来祝贺。

汤国梨自幼缠足，但是思想开放，所以婚礼是西式的。而在婚礼上，大家注意到章太炎走路很别扭，仔细一看，原来他竟然把皮鞋左右穿颠倒了，一时大窘，惹得参加婚礼的朋友开怀大笑起来。

"怒"的是被袁世凯软禁。这年的3月20日，奉袁世凯电召北上的宋教仁在上海突遭枪击，两天后不治身亡。宋教仁被刺后，章太炎一心想利用他革命元勋兼国学大师的声望，积极参加讨袁运动。

8月11日，章太炎告别新婚的妻子，来到北京。袁世凯听说后，心中暗自高兴，随即命令副司令陆建章派兵把他监视起来。章太炎开始了历时三年的软禁生活。

"哀"是替袁世凯悲哀。据说章太炎进京后，见了当时的"中国第一等人物"——袁世凯的亲信，参谋次长陈宧后，很快就出语断定："他日亡民国者，必此人也。"太炎先生锐眼识人，认为陈宧的心思不全在"国"上，更多顾及的是自己的一方私利。

后来确实如此，陈宧的倒戈独立，是袁世凯皇帝梦碎、命归西天的主要原因。章太炎去世后，陈宧曾对人说："太炎殁，世间无真知我陈某者。太炎真知我，我也真知太炎。彼陆建章谓得太炎一篇文字，胜过十万兵马，犹轻视太炎耳，我则谓太炎一语，足定天下之安危也。"

"乐"的是，众多章氏弟子不仅崭露头角，且个个尊师重道，感念恩师。1913年，章门弟子纷纷登上历史舞台，先是在教育部供职的鲁迅和许寿裳联名提议，使教育部以章氏手定的切音工具作为注音符号。

在被袁世凯软禁期间，章太炎又骂又诅咒，最后到了绝食地步，吓坏了的京城章门弟子，纷纷前来奉劝。鲁迅七次探望，黄侃更是前去陪住，请教学问。

这年2月，朱希祖应教育部之约，赴京参加"读音统一会"，会后声名鹊起，随即受聘于北大。钱玄同则在这年8月执教北京高等师范。章太炎评价这批弟子时说：

"弟子成就者，蕲春黄侃季刚、归安钱夏季中、海盐朱希祖逖先。季刚、季中皆明小学，季刚尤善音韵文辞，

逖先博览,能知条理。其他修士甚众,不备书也。"(《太炎先生自定年谱》)

当年在东京听章太炎讲学的弟子,后来都成大气候,成了各大学讲坛上的名教授。而文化界的名流许寿裳和百年文坛执牛耳者周氏兄弟(鲁迅和周作人),当年根本算不上太炎先生的得意弟子。

1913年,对于国学大师章太炎,福兮祸兮,袁世凯的软禁一坐就是三年,怒过、骂过、闹过、诅咒过、绝食过,可依然不忘开设国学讲座,听课的大多也成了名人教授。足见即便做了皇帝有生杀大权的袁世凯,禁却不敢杀,怕落得遗臭万年的骂名。

三年后,袁世凯一命呜呼,颠倒的乾坤又颠倒了过来,太炎先生重获自由。那时的疯子太炎先生是否会想起婚礼上的那一幕:皮鞋左右颠倒,惹得众人开怀大笑。

胡适劝人写自传

近年来，笔者文史兴趣渐浓，四处搜集有关资料，竟发现胡博士胡适之十分推崇写作"自传"。他不光自己身先士卒，还用一辈子的时间去劝说他人写自传。尽管遗憾多于感动，尽管胡适自传文字产量也不高，但是不能不承认他的抛砖引玉，与后来中国文学史的一大批自传文字有着密不可分的关系。

1933 年 6 月 27 日，在太平洋客轮上，胡适为自己《四十自述》的自序写道："我在这十几年中，因为深深地感觉中国最缺乏传记的文学，所以到处劝我的老辈朋友写他们的自传。不幸的很，这班老辈朋友虽然都答应了，终不肯下笔……"

在这些老辈朋友中，胡适认为最可悲的一个例子就是林长民先生。一说起林长民，现在的人都知道那是林徽因的父亲，而很少人知道，在民国时，林长民的名声其实远远胜于林徽因。当年，林长民一口答应了胡适，写他五十岁自述，用作他五十岁生日的纪念。可是到了五十岁生日那天，林长民却对胡适说："适之，今年实在太忙了，自述写不成了，明年生日我一定补写出来。"

然而，不幸的是，在林长民五十岁生日之后不到半年，郭松龄反奉战役惨遭失败，张作霖围剿郭松龄，郭逃跑时，带上了不会骑马的林长民，一行人冒雪坐大车，赶往营口。行至辽中境内，被奉军骑兵追上，郭松龄夫妇被卫兵搀扶着躲进了老乡家的菜窖。而毫无战场经验的林长民，一见追兵，慌忙中躲在了大车底下。而大车就停在路中央，在双方交战中，林长民身中数弹。奉军发现后，误认为林长民是日本人，将其拖到村外——一捆秫秸、一瓶汽油，林长民被活活烧死。胡适说："他那富于浪漫意味的一生就成了一部人间永不能读的遗书了！"

　　一个是林徽因的父亲，另一个就是林徽因的公公——梁思成的父亲梁启超。梁启超自信他的体力、精力都很强，所以他不肯太早开始写他的自传。可谁也没料到，一位国学大师，只活了五十五岁。胡适说："虽然他的信札和诗文留下了绝多的传记材料，但谁有他那样'笔锋常带情感'的健笔来写他那五十五年最关重要而最有趣味的生活呢！中国近世历史与中国现代文学就因此都受了一桩无法补救的绝大损失了。"

　　此外，梁士诒、蔡元培、张元济、高梦旦、熊希龄、叶景葵等人也都是胡适劝说写自传的对象。即便到了陈独秀晚年，身在美国的胡适，依然力劝陈独秀去美国撰写自传。遗憾的是此事被陈独秀一再拒绝。

　　遗憾之外当然也有欣喜，比如胡适力劝的两位民国才女——陈衡哲和杨步伟，她们都是在胡适的鼓动下完成了自己的自传——《陈衡哲早年自传》和《一个女人的自传》，为后世留下了鲜为人知的第一手文史资料。

　　一生中，胡适写作了很多可读而又可信的传记。他四十岁亲笔自述，就想抛出几块砖瓦，然后引出多块美玉、宝石来。胡博士的动机只有一个："希望社会上做过一番事业的人也会赤裸裸地记载他们的生活，给史家做材料，给文学开生路。"

谁挽救了堕落上海滩的浪荡子胡适？

胡适年轻时有一首《岁暮杂感一律》诗，这样写道：

> 客里残年尽，严寒透画帘。
> 霜浓欺日淡，裘敝苦风尖。
> 壮志随年逝，乡思逐岁添。
> 不堪频看镜，颔下已鬓鬓。

这首诗，真实地刻画了一个上海滩十七八岁的浪荡子，前途无望，颓废落寞的穷酸样儿。

这时的胡适，完全一副反面教材嘴脸，正如 20 世纪 70 年代，某些批判文字中所提到的那个十里洋场上海滩的"小混混"。

那时候胡适的具体表现，就像他自己《四十自述》所写："我们打牌不赌钱，谁赢谁请吃雅叙园。我们这一班人都能喝酒，每人面前摆一大壶，自斟自饮。从打牌到喝酒，从喝酒又到叫局，从叫局到吃花酒，不到两个月，我都学会了。幸而我们都没有钱，所以都只能玩一点穷开心的玩意儿：赌博到吃馆子为止，逛窑子到吃"镶边"的花酒或打一场合股份的牌为止。有时候，我们也同去看戏……我那几个月之中真是在昏天黑地里胡混。有时候,整夜的打牌;有时候,连日的大醉。"

胡适在这段日子里,吃喝嫖赌,几乎五毒俱全。有人根据胡适日记统计:在五十九天内,打牌十六次,喝酒十四次,进戏园、捧戏子十九次,逛窑子嫖妓女十次……几乎每天都是这一套。

直到有一天,喝得酩酊大醉后,被巡捕房关起来,罚了五元钱后,胡适才感到万分懊悔。家中经济日渐困难,父亲生前的产业,在上海开的茶叶店早就资不抵债,转给了债权人。胡适的生活费、学费来源几乎断绝,家中的老母亲还得靠他赡养。想到自己的堕落,想到含辛茹苦的老母亲,胡适想起老师王云五劝他的话:离开他那帮狐朋狗友,痛改前非,重新做人。

命中幸运,正巧赶上庚子赔款公派留学。第一批已经赶不上,胡适决心考第二批。可是,穷得连蚊帐都买不起,连学费都得自己兼职教课,还欠下一屁股债,咋上京赶考?

幸好这时遇到了他的两个同乡:许怡荪和程乐亭。好朋友许怡荪力劝胡适摆脱一切去北京报考,还答应代他筹措经费。程乐亭也来了,当下慷慨解囊赠送胡适两百块银圆作为路费,支持他北上应考。他的同族叔父胡节甫更是爱才如命,不仅答应为他筹款,还愿替他照顾家里母亲的生活。

从此以后，胡适一改此前那段花天酒地的放荡生活，一门心思读书，准备应考。这时他的老师王云五又来了，更是十分支持他去报名应考，而且还十分热情地帮助他复习大代数、解析几何题。正是在这些好友的规劝与资助之下，胡适才得以安心读了两个月的书，然后顺利北上，参加留美考试。

还有资料说，当胡适以第五十五名的成绩考取官费留美以后，出国前夕在车站却不小心被扒贼盯上，身上路费被贼偷去，几难成行。彷徨无计之时，又是绩溪同族叔父胡节甫慷慨解囊，拿出银圆三百块，才使胡适留学美国。

而胡适，对恩师王云五、对同乡、对族叔更是旧恩不忘。1912年，王云五由胡适推荐到商务编译所工作。从此开创了商务社的出版新时代——总经理王云五开创的辉煌时代。另外胡适和同乡许怡荪终生为友。

绩溪族叔胡节甫生意失败，胡适回国后，把恩情永记在心。族叔逝世后，胡适支款，悄悄地为胡节甫原配夫人开了一个折子，每月取息，以作她养老之用。后来，胡适还负担了胡节甫孙子在吴淞中学求学的全部费用数年。

只是他的同学同乡挚友程乐亭，在他考取庚子赔款留学的第二年暑假，不幸英年早逝。人生无常，无以回报，胡适特意写作了一首长诗《哭程君乐亭》。

1942年除夕夜，陈寅恪家的那半碗稀粥

传记文字，我读周作人，也读陈寅恪，读后感慨万千。周的散文我喜欢，可他的"软骨"，我颇有些恶感。两相比较，"教授中的教授"陈寅恪先生在抗战时期作为一个中国人表现出来的硬骨气，更让我肃然起敬。比如陈家困居沦陷香港时，1942年除夕夜每人喝的那半碗稀粥。

1939年春，陈寅恪收到牛津大学汉学教授的聘书，决定举家赴英国。1940年9月，陈寅恪到香港准备好全家赴英国的护照，但由于欧战爆发最终困居港岛。

紧接着太平洋战争爆发，日军数万人进攻香港，香港沦陷。陈寅恪挤不上逃难的飞机，以致滞留香港。日军占领香港后，陈寅恪离开暂时任教的港大，在家闲居。他曾自述这段时间自己的情形："……太平洋战争又起，时交通阻塞，无法离去。香港为日本所占领，只好空坐家中半年。"

离开港大，无任何收入来源，全家生活立时陷入困顿之中。小女儿美延曾回忆此时的艰苦生活："孤岛上生活艰苦，交通阻断，学校停课，商店闭门。百姓终日惶惶不安，家家没有存米，口粮更是紧张。母亲又生病，仍须

费尽心机找全家吃的口粮,也只得控制我们进食,红薯根和皮都吃得挺好,蒸出水泡后半干稀的米饭,当时称'神仙饭',就很不错了。"

1942年元旦,陈寅恪感慨万千,曾作《壬午元旦对盆花感赋》一首,其末联云:"劫灰满眼堪愁绝,坐守寒灰更可哀。"

眼看春节来临,驻港日本宪兵首领得知陈寅恪乃世界闻名的学者,他们极力笼络这位闻名天下的学者。就像北平极力拉周作人做伪职高官一样,无非是想让他们以自己国内外的知名度,为日本效劳。

宪兵队送面粉给断粮多日的陈家。和软骨附逆下水的周作人截然不同,陈寅恪断然拒绝。据陈哲三所述:"有日本学者写信给军部,要他们不可麻烦陈教授,军部行文香港司令,司令派宪兵队照顾陈家,送去好多袋面粉,但宪兵往屋里搬,陈先生陈师母往外拖,就是不吃敌人的面粉。"又,在蒋天枢写的《陈寅恪先生编年事辑》中还写着:"闻香港日人以日金四十万元强付寅恪办东方文化学院,陈寅恪力拒之,获免。"

泱泱华夏,浩瀚青史,它一定会记得。

1942年除夕晚上,困居香港的国学大师陈寅恪一家,每人只喝了半碗稀粥,全家分食了一个鸭蛋,算是过了一个难忘的春节。

陈寅恪的"三大怪"

在清华大学的各种校史中，流传着许多有关陈寅恪先生的趣谈。而这位文史大师留给后世最多印象，是这位盖世奇才的"三大怪"。

一形象怪。抗日战争以前，陈寅恪是清华大学中文系和历史系的合聘教授。当时很多清华学生背地里常直呼他"怪教授"。他之所以被称为"怪"，是因为学生们知道他曾留学欧美十几年，学识相当渊博，可他的装束却一身"土"气，没有半点"洋"味。

据 1934 年清华大学出版的《清华暑期周刊·教授印象》中写道：上课铃响后，清华中文和历史类学生看到的是一位里面穿着皮袍，外面罩一蓝布大褂青布马褂，头上戴着一顶两边有遮耳的皮帽，腿上穿着棉裤，脚下蹬着棉鞋，右手抱着一个蓝布大包袱，走路一高一低，相貌稀奇古怪的纯粹国货式的老先生从对面彳亍而来，这就是陈寅恪先生。"怪教授"陈寅恪一经出现在清华园，不光是学生，就是像冯友兰这样的名教授，都为陈寅恪的博学而惊叹。他讲授的学问贯通中西，上课时连清华的名教授们也常来听。有人称他为"活字典"，也有人称他是"教授的教授"。

二出题怪。1932年夏,清华大学中文系招收新生。陈寅恪应系主任刘文典之邀出考题。他出的题目非常简单。考题除了一篇命题作文,便是只要求考生对个对子,对子的上联仅有三个字:孙行者。陈寅恪觉得,用这个简单的方法可以考查学生是否领悟了中国传统语文的真正特色。陈寅恪拟定的标准答案是"王引之"、"祖冲之"。一个考生,给"孙行者"对出的下联是"胡适之",用的是当时最时髦的人物胡适的名字,颇为贴切。陈先生看了这副对联后就说:"这个考生一定要录取。"这个考生就是后来大名鼎鼎的北大中文系教授周祖谟。除了周祖谟,国学院毕业的学生都成了后来的大家,其中有语言学家王力、敦煌学家姜亮夫、历史学家谢国桢、考古学家徐中舒、文献学家蒋天枢等。

三讲课怪。由于长期用高度近视的左眼工作,陈寅恪从1944年起,眼睛就彻底看不清外界了。以前陈寅恪上课时有个特点:讲到深处,他会长吸一口气,并陶醉般地紧闭双眼良久。但眼瞎之后,再也没有人看见他闭着眼睛讲课。他永远睁大眼睛,一如所见到的他晚年的照片——目光如炬。由于眼睛根本无法看到,每次只好让助手黄萱找资料,而他则清楚地记得他要的书摆在书架的第几格第几排第几本。由于行动不便,学校便让学生到他家听课,他住的中山大学宿舍的走廊便成了教室,墙上挂一块小黑板。他坐在黑板前讲授,学生坐在对面的椅子上听讲，成为当时中山大学的"一怪"。中山大学陈寅恪故居前，有条水泥小路。这是陈寅恪到岭南后，中共中南局最高首长陶铸亲自嘱咐为他修建的，方便他工作之余散步。这条路，就是今天中山大学里著名的"陈寅恪小道"。

1969年10月7日，中国现代最负盛名，跨越历史学、古典文学、语言学的国学大家——怪教授陈寅恪在广州被迫害致死。而他所说的"独立之精神，自由之思想"，成为中国一代学者的人格理想。

从福州到北京的少女谢婉莹

　　重新翻看有关冰心的传记文字才知,1911 年 4 月,广州起义失败,辛亥革命黄花岗七十二烈士之一林觉民殉难。林家为避灾祸,举家迁到光禄坊早题巷,并将房产拍卖。冰心的祖父谢銮恩得知消息,一举拍下这所宅院。跟随父亲从烟台回到故乡福州的少女谢婉莹,从 1911 年夏到 1913 年秋,就在三坊七巷的这所宅院,在祖父身旁度过了她两年的快乐时光。

　　1913 年初,小婉莹的父亲谢葆璋接到出任海军部军学司长的新任命电报,就立刻启程北上京城赴任去了。这一年的初秋,十三岁的少女谢婉莹跟着母亲和三个弟弟,在舅舅杨子敬的陪伴、护送下,启程北上。

　　多年后,著名女作家冰心写文章回忆这次北上:"我才十三岁,马车穿过厚厚的灰色城墙,走在尘土飞扬的街道上,进入泥泞窄小的胡同,又走入小小的三合院的房子时,在海阔天空的山东烟台和山青水秀的福建福州度过童年的我,忽然觉得压抑得透不过气来。"

　　坐船到天津,转乘火车到北京,火车驶进北京东车站,父亲谢葆璋已经站在月台上来接。谢婉莹一家坐上马车,一路穿过高而厚的灰色城墙,驶过尘沙飞扬的大道,马车把他们送到了一住十几年的"新居",北京东城铁狮子胡同中剪子巷 14 号。

这里,据中国现代文学馆馆长舒乙先生的考证:"小院实际上是三合院,没有南屋。进门东边有个旁院,当时住着一家旗人,姓祁。在大门口,谢先生(也就是冰心的父亲)加了一座影壁,上面有电灯。还有一个小空场,谢老先生在那里架了秋千供孩子们玩,邻居们称这里为谢家大院。"

从 1913 年随父迁到了北京,直到去美国留学前,少女谢婉莹一直生活在这里,在这个院子里她住了整整十年。这十年,她读完了中学和大学,并开始了文学创作,就连"冰心"的笔名也诞生在当时的中剪子巷 14 号。

岁月变迁,世事沧桑。北京,这座历史上的文化名城,几代封建王朝的都城,在短命的袁世凯政府的时代却迎接了后来成为"文学祖母"冰心,少女谢婉莹的到来。从陌生到第二故乡,从渴望做一名救死扶伤的女医生到以"冰心"的笔名开始文学创作,1913 年,从故乡福州到京城北京,铁狮子胡同中剪子巷 14 号成了冰心"生命路上第一段短短的隧道"(冰心语)。

对于中剪子巷 14 号谢家大院这处宅院,舒乙先生还说:"这里是冰心先生第一批作品的诞生地。它是一位杰出的中国现代女作家的'摇篮',这是它的骄傲。"

赵元任爱上"红娘"杨步伟

清华园年轻教授赵元任暂时停了清华所教的课程，被梁启超等组织的"讲学社"借去，专门迎接哲学家罗素做他的中文翻译。有一天，赵元任因为开会太晚，城门早已关闭，不能回清华园，因此就去了姨表哥庞敦敏家里借宿，并在表哥家的宴会上认识了"森仁"医院的杨步伟医生。杨步伟热心开朗，一心想当红娘，极力撮合赵元任和她的伙伴李贯中，为二人做媒牵线，成全一桩好事。可是，赵元任的心思根本没在李贯中身上，他一心想娶的是要做红娘的杨步伟。

大学者就是有大眼光。他知道，他要娶的，不仅是才女，更应该是贤妻，知他，疼他，懂他，上得厅堂，下得厨房，里里外外一把手，而此人唯有杨步伟。杨步伟快人快语，豪爽泼辣，雷厉风行，做事果断的脾气性格，正是赵元任喜欢的。

有一天，赵元任向应约来中山公园的杨步伟突然求婚。

"杨大夫，我不知道怎么办才好了。我很佩服你待朋友那么好，可是我怕你可能伤害她，而对她没有好处。我愿意一切美好，不过我不能老让她误会。也许像我以前说的，我应该少来看你们。可是为什么我该——"我说了半句停住不说了，和她在公园里静静的走来走去，最后在"公理战胜牌楼"停下来，她说："对了，赵先生，你还是不要再来看我们吧。我想这样于你好，于我也最好。"说了她就转身走开。

"韵卿！"我亲切地叫她，她回过头来。

"韵卿！"我又叫一声，"就那么样算了吗？——我是说咱们？"我怕她会回答："咱们？怎么叫咱们？"但是她未作声，向我走过来。

"韵卿，"我说，"我不能。"

这是《赵元任自传》中有关求婚的浪漫文字。

胡适知道自己的朋友赵元任因为"三角恋"，差一点惹得满城风雨，催促赵元任和杨步伟：男婚女嫁，速战速决。在胡博士和杨步伟表姐的见证下，二人举行了简朴新式的别样婚礼。

从此杨步伟从医院抽身，隐遁在语言学家背后，相夫教子，甘愿以妻子的身份，与赵元任形影不离。二人"执子之手，与子偕老"，在当时堪称"神仙伴侣"。胡适羡慕得不得了，爱当月老的胡博士赞扬他们是"一对人人羡慕的佳偶"。

谁保存了李大钊的书稿？

李大钊遗稿的整理出版，人们常提及李乐光和鲁迅，而忽略了赵玉、周作人和曹聚仁的不懈努力……

书架上 1959 年版的《李大钊选集》，是我从旧书店淘来的。买它，是因为了解了一些李大钊遗稿保存和出版过程背后的故事。

李乐光的父亲李子恒是李大钊的同乡、同学和挚友。李乐光在清华读书时，李大钊将之视同己出。李大钊曾把自己的文稿做过初步甄选，打算出版。但随着时局的变化，他把这些文稿都交给了李乐光。

李大钊牺牲后，李乐光继续搜寻李大钊的遗稿，他一边教书、做地下工作，一边进行《李大钊全集》的抄录编辑工作。为了躲避敌人的搜查，他先在清华的地窖里，后又到一个医生家里，接着又在其岳母赵玉家进行遗稿的编录。

白天，赵玉把这些文稿埋在院中几株向日葵下；夜深人静时，再将文稿取出交与女婿。李乐光每抄录完一部分，再交赵玉去埋好，夜夜如此。岳母赵玉和妻子赵兰成为李乐光的得力助手，赵玉还成为他的秘密地下交通员。

1933 年农历八月初一，国民党宪兵破门而入，抓走了李乐光和其妻子赵兰。此时书稿已编成四册。赵玉怕书稿被搜走，连夜在房檐下挖坑。她怕亮光照到墙外，摸着黑挖几下，舀一勺土，划根火柴看看，直到天亮才把坑挖好。这时，又发现罐子小，书稿盛不下，她用剪子剪去了书稿上端的边，才勉强把它们塞进去。

后来，她把文稿完好无缺地交给了李大钊的女儿李星华。如今，这批珍贵的遗稿珍藏在河北省乐亭县李大钊烈士纪念馆内。

李星华拿到书稿后，把它送到了周作人手中。作为李大钊生前的同事，周作人迅即联系了上海群众图书公司，把原稿的一、二两部分，交给了出版家、著名编辑曹聚仁先生。

曹聚仁对遗稿进行编辑加工后，准备以《守常全集》为书名出版，并请鲁迅作序，但由于白色恐怖，终未能出版。1939年4月，北新书局以"社会科学研究社"名义印刷出版，但很快就被租界没收。1949年7月，北新书局再次重印，更名为《守常文集》（上册）。

书稿的后两部分，周作人一直完好地保存着。新中国成立后，周作人的儿子周丰一将书稿带回北京，交给时任北京市委宣传部长的李乐光。1959年，人民文学出版社出版《李大钊选集》。

孙中山的"左龙右马"

推翻千年帝制,实行三民主义,建立共和,孙中山为之奋斗一生。为其赴汤蹈火、追随其一生的大有人在,其身边的"左龙右马"即是。

1909年,孙中山在美演说,一英武青年上前叩头拜见中山先生,说:"我要追随先生。"孙中山说:"革命是要杀头的,你有这个胆量?"青年答曰:"杀头!我不怕!"这就是孙中山后来的侍卫官马湘。

马湘的《跟随孙中山先生十余年的回忆》一书记载:

> 1915年冬,袁世凯复辟帝制。孙中山发起讨袁运动,号召华侨回国讨袁。加拿大华侨黄湘(又名黄惠龙)参加了以加拿大洪门为骨干的"华侨讨袁敢死先锋队",他们集合在日本横滨,由廖仲恺领导训练了5个月。
>
> 1916年,先锋队300多人回到山东省潍县周村,准备进攻济南时,袁世凯病死,先锋队奉孙中山电令开往上海集中。在慰劳先锋队的大会上,孙中山把黄湘和马湘留下当贴身卫士。
>
> 1921年5月5日,孙中山在广州就任非常大

总统。全市各界人士热烈庆祝。这天的精武体育会武术表演引人注目：拳、棍、枪、剑，单人、对打，武技精湛，高手如林，观众席里观众掌声热烈。

孙中山看在眼里，赞在嘴里。他吩咐"龙马二人"上台表演给大家助兴。二人卸掉戎装，换上练武服，登上演武台。只见黄湘手握竹节钢鞭，向孙中山和观众拱手行礼后，一口气表演了一百多节鞭法，观众无不叫好。

马湘也表演了一套八卦刀，表演完后观众沸腾。孙中山说："中国的拳勇技击，与西方的飞机大炮有同等的作用。"

由于没有自己的军事武装，革命屡战屡败。而孙中山每次总能化险为夷，这与"左龙右马"的忠诚保护密不可分。陈炯明叛乱时，龙马二人置个人性命于不顾，拼命保护孙中山和其夫人宋庆龄，因此就有了"黄湘马湘，相得益彰"的美誉。

据《台山县华侨志》记载，黄湘英勇善战，被擢升为元帅府卫士大队长后，参加了东莞石龙之役、滇军叛乱之战。在敌军的历次攻击中，他始终临危不惧，最终化险为夷。

1917 年，黄湘与马湘护卫宋庆龄在枪林弹雨中突出重围,安抵"永丰舰"。黄湘尽管伤口累累,鲜血汩汩流淌,但仍是泰然自若。孙中山为嘉其忠勇,亲笔题书"南方勇士"锦旗表彰他,并派舰送他回乡省亲。

黄湘在与乡亲谈起战斗时,撩衣卷裤,露出斑斑弹痕,笑指伤痕说:"壮士临阵,非死即伤,大丈夫为国牺牲,幸也,何所惧哉。"

1914年和1924年,袁世凯及其党羽两次组织暗杀孙中山,都因马湘率卫队严加保卫而未得逞。1924年底,孙中山抱病北上,黄湘、马湘随侍左右。此时,黄湘擢升为国民政府参军长,领中将衔,马湘也升任少将副官。

后来,孙中山久卧病床,双腿麻木,难以入睡。较年轻的马湘就跪在床前,把孙中山的双腿放在自己肩上,慢慢地按摩,让他安然进入梦乡。孙中山临终前交代宋庆龄,将来一定要安排好黄湘、马湘的晚年生活。

孙中山溘然长逝,那幅"十年随侍,累月服劳,更有遗言入心坎;五宪犹悬,三民未竟,空留主义在人间"的挽联,敬献人正是黄湘、马湘。后来,二人担任了孙中山陵拱卫处正副处长,默默地守卫着中山先生的亡灵。

谁造就了中国第一个女教授——陈衡哲

　　能坐在民国北大教室,后来影响中国百年的那一批才女真是万幸。生逢乱世,却遇到了中国教育的黄金时代,校长蔡元培一纸聘书,让她们青春时节有幸遇到了一代"才女教母",中国第一个女教授——陈衡哲。

　　陈衡哲虽然生于常州武进,但是她的籍贯却是湖南衡岳,出自一个"衡山陈氏"诗书世家。曾祖母开创了一个家族传统:每个出身于或嫁入陈家的女子,"或出于天性或由于环境,都在文学艺术方面有或多或少的造诣"。父亲自小教她《尔雅》《黄帝内经》等古籍;母亲庄曜孚是民国享誉全省的女画家,曾在苏州一家女校教书画;姑姑和姨妈们在绘画、诗歌、书法等领域也都各有建树。这种世袭书香家学渊源,给了才女陈衡哲最好的童年汲取学养的生活环境。

　　而陈衡哲的舅舅,常州庄思缄对她一生的影响最为关键。陈衡哲五六岁的启蒙时期,舅舅给她讲了许多中国以外的世界,还对她说:"一个人必须能胜过他的父母尊长,方是有出息。"十三岁那年,由于求学心切,陈衡哲要求母亲让她到广东舅舅那里去上学。找不到学校,舅舅不但亲自教陈衡哲,还请了一位先生教她初级数学和新时代的卫生知识。每天下午，舅舅骑着马，匆匆回家教她一个小时，然后又匆匆离去。她后来回忆说："督促我向上，拯救我于屡次灰心失望的深海之中，使我能重新鼓起那水湿了的稚弱的翅膀，再向那生命的渺茫大洋前进者，舅舅实是这样爱护我的两三位尊长中的一位。他常常对我说，世上的人对于命运有三种态度，其一是安命，其二是怨命，其三是造命。他希望我造命，他也相信我能造命，他也相信我能与恶劣的命运奋斗。"

还有那位常熟姑母。可以说，没有这位姑母的鼓励就不会有后来的北大历史教授。少女陈衡哲这位"人生领航人"，有着一双锐利慧眼的常熟姑母，她本身天才横溢，德行高超，几乎完美，"上得厅堂下得厨房"，会作诗、读史、写魏碑、为人开药方，还烧得一手的好菜。她白天侍候公婆，晚上抚育孩子，待到更深人静时，方自己读书写字，常常到晚间三时方上床，明早六时便又起身了。这样艰苦卓绝的才女修养，成了她结婚后最好的"才女贤妻"范本，也使得陈衡哲的子女个个出类拔萃、成就斐然。

1911年至1914年，是陈衡哲在上海求学的时期。但那时没有理想的学校，且父亲中途一纸家书将其召回，准备让女儿做官二代家的少奶奶。渴望求知、求学的陈衡哲从家里逃婚出来。最为痛苦的时候，她去了有着明秀山水环境的常熟姑母家，在姑母的引荐下在一个家塾馆当家教。陈衡哲写道:"在那两三年中我所受到的苦痛拂逆的经验,使我对于自己发生了极大的怀疑,使我感到奋斗的无用,感到生命值不得维持下去。在这种情形之下,要不是靠这位姑母,我恐怕将真没有勇气再活下去了。"

1914年夏天,报纸上一则清华大学向全国招收首批庚子赔款留美女生的消息,令陈衡哲充满渴望,但她不相信自己的实力。又是舅舅、姑母的支持鼓励才使她赴上海应试,舅舅、姑母的眼光一点没错,陈衡哲在各地考生中脱颖而出,以全国第二的成绩成为首批九名清华留美女生中的一员。那年,造命陈衡哲扬帆远航,开始了她的留美生活。

1920年陈衡哲学成回国,被北大校长蔡元培聘任,成为现代中国第一位大学女教授。当新文学运动蓬勃兴起的时候,首先响应拿起笔写白话小说的作家是鲁迅,第二个就是陈衡哲。她是我国新文学运动的第一个女作家。

教授背后的才女贤妻

中国第一个女教授陈衡哲曾经说,有天才的女子若不想抱定独身主义,只有三条路可走:第一"是牺牲了自己的野心与天才",第二"是牺牲了儿女与家庭",第三"是想同时顾全到家庭、儿女,以及女子自身的三个方面的"。

能做到第三种境界的,在中国的精英才女中,我最推崇陈衡哲、杨步伟和后来居上的杨绛。

最挣扎、最艰辛的要数陈衡哲。作为北大最早的女教授,陈衡哲自我期待很高。她希望一边抚养孩子,一边著述。

1925 年 6 月 9 日,任鸿隽因陈衡哲生育第二个孩子,曾致信胡适说:"有一件可以奉告的,就是这个小孩子同莎菲的《西洋史》下册差不多是同时长成,同时出世的。"莎菲是陈衡哲的笔名。

1920 年夏天,陈衡哲被聘为北大教授,1921 年底她就辞去了教职,回归家庭,持家兼著述。她的《西洋史》上下册,一版再版,洛阳纸贵,并被荐为高中教材;她的历史普及读物《文艺复兴小史》,亦显女教授的天才与见解。

45岁时,陈衡哲用英文完成她的《陈衡哲早年自传》,让我们看到她在家庭、社会、国家和时代的背景下,如何掌握自己的"未来和命运"。

而更值得陈衡哲骄傲的是她一手培养的三个孩子:女儿任以都、任以书,儿子任以安,个个都是海内外知识精英。

精力充沛、著书写字像玩一样的杨步伟,因嫁给了语言学大师,而荒废了蒸蒸日上的妇科医生职业,一生多陪伴在丈夫身边。既是赵元任的"内务部长",又是"外交部长"。

在照顾家庭、抚育女儿的同时,她的建树照样令她同时期的教授太太们汗颜:她出版了《一个女人的自传》《杂记赵家》和《中国妇女历代变化史》。

而她在美国期间写的《中华食谱》,竟一版再版,成为许多欧美中餐厅老板、厨师和家庭主妇的必读书。杨步伟四个如花似玉的女儿,个个和母亲一样出色。

三位才女之中,我最为钦佩仰慕的就是隐身在先生左右,从"灶下婢"到一代学者大家的杨绛。在钱锺书心目中的杨绛,是天下"最贤的妻,最才的女"。

杨绛自1935年与钱锺书结婚那天起,由大家闺秀成了家庭主妇,爱丈夫胜过自己。她甘愿为钱锺书研究著述志业的成功,为充分发挥他的潜力、创造力而牺牲自己。

在钱先生写作小说《围城》时,杨绛让他减少教课钟点,致力写作;为节省开销,她辞掉女佣,做起了"灶下婢"。

在钱锺书和同样为大学教授的女儿钱媛相继离世后,杨先生更是隐世深居,寂寞坚守着钱锺书先生留下的笔记和日札,做到了一个学贯中西学问大家遗孀的最高境界:"死者如生,生者无愧。"

一直到她九十二岁高龄之时,才重新提笔,继续自己著书立说的未竟事业。百岁杨绛,集翻译、研究、文学写作于一身的学者大家,这位最美的"才女贤妻"仍然在不断成就自己。

三个女人和金陵十三钗

> 再过一天就是圣诞节了。我被叫到办公室，与日本某师团的一名高级军事顾问会晤……
>
> 他要求我们从 1 万名难民中挑选 100 名"妓女"。他们认为，如果为日本兵安排一个合法的去处，这些士兵就不会再骚扰无辜的良家妇女了。当他们许诺不会抓走良家妇女后，我们允许他们挑选……
>
> 过了很长时间，他们终于找到了 21 人。

这些文字出自一本日记，一部真实记录六十三年前侵华日军南京大屠杀暴行的英文日记。美国传教女教师明尼·魏特琳——南京大屠杀惨案的目击者，她才是真正的"金陵十三钗"的"活菩萨"。

1919 年秋，魏特琳来到南京，在金陵女子文理学院先后任教授、教务主任、教育系主任，并两度代理校长。1937 年侵华日军进攻南京前夕，学校西迁，但她坚持留守南京，并与拉贝等国际友人共同发起建立了南京安全区。

她还担任了一个难民所的负责人。南京沦陷后，她千方百计地呼吁国际正义力量扼制日本侵华战争,并不顾安危,与闯入难民所施暴的日军做面对面的斗争。

学校设立的妇女儿童难民所收容了一万多名妇女和儿童。在日军的刺刀下,她忍着被日军掴掌的耻辱,手举星条旗,站在学校门口,成了八千多名妇孺的"活菩萨"。1940年5月,她因为精神极度疲惫,患上了精神疾病,辞职回国疗养。

那些血流成河的日子里,魏特琳几乎每天都坚持写日记,留下了五十余万字的文字。她的文字里充满了道义和悲悯,记录了一段血淋淋的历史。每隔一段时间,她就会将日记邮寄给美国纽约校董会的校友。

校友又将她的日记寄给有关刊物。1938年美国俄亥俄州辛辛那提市的《同学》杂志就曾发表过她的部分日记。

1994年12月,美国华裔女作家张纯如在加州第一次看到南京大屠杀的黑白照片时,感到无比的愤怒。她决心用英文向全世界揭露那段血腥历史。她几乎跑遍了所有的图书馆,终于发现了日军在南京暴行的铁证——《魏特琳日记》。

这些日记在美国耶鲁大学图书馆特藏室里沉睡了六十多年。1995年张纯如发现后说:"我写,是出自义愤。让世界知道1937年在南京发生了什么事。"

1997年,她的《南京大屠杀:被二战遗忘的浩劫》在美国出版。这部极为严肃的著作震惊了世界,一个月内就进入美国最受重视的《纽约时报》畅销书排行榜，并被评为年度最受读者喜爱的书籍。

2005年，张纯如在发现《魏特琳日记》时所说的话，被华裔女作家严歌苓看到，女作家的写作热情被点燃，最后发酵成小说《金陵十三钗》。再以后，小说被张艺谋相中，于是，就有了电影《金陵十三钗》。

陆小曼的生命稻草

偶尔从家里的旧藏书中，抽出一本名为《皇家饭店》的现代女作家小说集，细看其中的那篇《皇家饭店》，作者竟是陆小曼。惊愕之余，一气读完。

《皇家饭店》的女主人公婉贞，在上海沦陷时，是一个小职员之妻，为了给儿子二宝看病，不得不违心应聘到皇家饭店。

站在小小的售货台后面，暂时忘记了她必须尽快向经理借到钱才能给儿子买药打针。她亲眼看见出入饭店的太太、小姐们奢靡背后的污浊丑陋后，不染污泥的她，不顾一切地毅然昂首走出皇家饭店。

小曼用她曾经熟识的经历，再现了沦陷时期旧上海十里洋场繁华背后的真实场景。

读完《皇家饭店》后，我重新认识这位饱受争议的民国美人、诗人遗孀，那道美丽风景背后不为世人所知的一面。

迟暮美人陆小曼，在徐志摩坠机而亡后，被责骂、被诽谤、被唾弃，在早就习惯了门可罗雀、闭门谢客的孤寂和暗淡时，女作家赵清阁清瘦有力的手，按响诗人遗孀家的门铃。

诗人生前，懒散奢靡的小曼很少动笔。诗人死后，她曾经决心做徐志摩希望的那种女性：一身素装，闭门谢客，看书、绘画——和志摩在世时判若两人。

那时的诗人遗孀，也颓废不堪，消沉低迷，通宵达旦，吸食鸦片，麻醉自己。

1947年夏天，她接受赵清阁的约稿，创作一部约两万字的小说《皇家饭店》(原名《女儿劫》)。创作过程中，因为酷热难耐，因为气喘病痛，因为鸦片烟瘾，小曼几欲中断。

"今夏酷热，甚于往年，常人都汗出如浆，我反关窗闭户，僵卧床中，气喘身热，汗如雨下，日夜无停时，真是苦不堪言。本拟南京归来即将余稿写完奉上，不想忽发喘病，每日只能坐卧，无力握笔，不知再等两星期可否？我不敢道歉，我愿受责。"

小曼明白赵清阁在用逼迫她写小说的方式，让她赖以活下去。几将濒绝的文笔才气，那是她继续活下去必须抓住的唯一"生命稻草"。赵清阁硬是逼出了陆小曼创作的第一部小说，当然也是唯一一部。

"生命稻草"《皇家饭店》，给她暗淡的后半生带来重生的力量。在赵清阁和另一位友人赵家璧合力规劝下，她戒掉了鸦片烟，摆脱消沉，一面同疾病做斗争，一面坚持挥毫作画。

赵清阁格外偏爱《皇家饭店》，她赞扬《皇家饭店》：

"描写细腻,技巧新颖,读之令人恍入其境,且富有戏剧意味。"

这本 1947 年出版,原名《无题集》的现代女作家小说集 1987 年再版时,赵清阁将书名改成了《皇家饭店》。

记忆中的"中国泰坦尼克号"

1949 年 1 月 27 日，离中国除夕还有一天。内战胜负，已见分晓。国民党的残余及追随者，开始携家眷逃离大陆。他们恨不得将所有的金银财宝，都拴在裤腰带上，一并带走。

为了赶上最后一班轮船，这些人用金条换舱位、拉关系、找熟人，挤上早已客满的"太平轮"。太平轮是当时中联轮船公司的一艘豪华巨轮，排水量两千四百八十九吨。船老板叫蔡天铎，他，人们知之甚少，但其子，则是当今台湾著名主持人蔡康永。

这"最后一批乘客"近千人，其中有票乘客五百零八人，船员一百二十四名，无票者约三百人。另载有包括六百吨钢条、《东南日报》印刷器材与白报纸一百多吨、中央银行重要文件一千多箱、国民党档案等沉重货物。

人货超载，夜航不开航行灯，再加上船员渎职，在 1949 年，太平轮在除夕即将到来之日，不幸与一艘载着两千七百吨煤矿及木材的"建元轮"相撞，两船前后沉没，近千名绅士、名流罹难。这后来被称为"中国的泰坦尼克号"。

太平轮的沉没，给许多与太平轮有关的台湾外省人，留下了终生无法抹去的悲痛记忆。

台湾大学外文系教授、被称为"永远的齐先生"的齐邦媛，在耄耋年岁写的家族传记《巨流河》中，写到她1949年农历除夕前，到基隆去接《时与潮》杂志社总编辑邓莲溪叔叔，接她父亲最好的朋友徐箴(徐世达，抗战后任辽宁省主席)一家六口时说："我们一大早坐火车去等到九点，却不见'太平轮'进港，去航运社问，他们吞吞吐吐地说，昨晚两船相撞，电讯全断，恐怕已经沉没。太平轮船难，前因后果，至今近六十年，仍一再被提出检讨，我们当时站在基隆码头，惊骇悲痛之情记忆犹如昨日。"

在世界知名刑事鉴定专家李昌钰博士记忆中，1949年1月，父亲李浩民乘上了太平轮，可却没能到达海峡彼岸，与在台湾的家人团聚。

小时候的李昌钰，当时并不觉得失去了父亲对自己有什么影响，直到家里没了钱，再也供不起他读书，他才明白没了父亲，家里也就垮掉了。后来，李昌钰不得不选择去读公费的警官学校，成为一名刑事鉴定专家。

李昌钰后来在接受记者采访时说，如果不是太平轮，他就不会去念警官学校，也不会去留学、不会获奖。

也许,世界一流的"神探李"也就不会出现。

白先勇的《谪仙记》所写的历史背景,就是这场大海难;蔡康永的《我家的铁达尼号》中,作为船老板的父亲,一生都无法走出太平轮的阴影;李敖也常在文字中,庆幸自己当时没乘坐那班航轮。

星云大师说,"因缘"二字就包括了那天的幸免:"我因为时间匆促,赶不及搭上那班轮船,而幸免一劫。"星云大师所说的"那班轮船",正是除夕前一天的太平轮。

而重新让"中国的泰坦尼克号"走进人们视野的,是一个叫张典婉的台湾资深媒体女子。她在《太平轮1949——映像纪实》中这样写道:

"一九四九年一月二十七日正逢农历小年夜,黄浦江头挤满了人等着上船。而这时太平轮已被沉重的钢条压得倾斜。直到傍晚这艘船才启航。夜里,为了闪躲宵禁,没有挂信号灯的太平轮与运煤船建元轮迎面撞上。约莫子夜十二点,船沉没在浙东舟山海域。

"在海上漂流的生还者只有三十八名,近千名乘客沉入舟山群岛附近,一辈子渡不过黑水沟,也踏不上台湾的港岸。"

第八辑　读书以悦心灵

先生与藏书

先生不止一次问过我："假如让你在我与书之间做一选择，你要哪一个？"我每次都不假思索地说："'鱼和熊掌'都要。就凭你那一屋子藏书，我就打算一辈子跟定你了。"

记得与他第一次约会，就发现他鼓鼓囊囊的口袋里装着一本商务版《新华字典》。更让我吃惊的是，他竟然把它当作定情物送给我，还一本正经地说："我一眼就知道你书桌上的字典是盗版的，这本才是正版的，有防伪标志的。你用吧，以后写起文章来，写不了错字的。"翻开第一页，八个遒劲的钢笔字"水到渠成，文思泉涌"映入眼帘，他名字里的"水"，我名字里的"文"，八个字注定了我和他的今生今世。

先生喜欢淘旧书，搜集来的书几乎是清一色旧版文学书籍，这些书大多是清末民初时商务印书馆、中华书局、上海书局、上海古籍等出版社的旧装本。

先生来城市教学之前，生活很拮据。曾经供职的乡下中学，拖欠工资现象相当严重，一年半载发一回薪水是常有的事。他想买书，也办不到。没钱呐！曾经为了相中的一本旧版《辞海》，他三番几次哄他母亲骗说相亲谈对象特别需要钞票。婆婆一高兴，给了个百八十元，他一溜烟跑到书店，书店老板早就知道他看上了那本旧版《辞海》，打了个对折将一本被仓库驻地老鼠"咬文嚼字"的残缺《辞海》七十多元卖给了他。先生像讨了媳妇一样乐颠颠地塞进破书包里背回来。等他妈妈一再逼问相亲的未来儿媳妇时，他才吞吞吐吐把事情原委说出来，气得婆婆哭笑不得。

先生离开家乡之前，将自己辛苦搜求、珍藏多年的书储藏在老家东屋的橱柜里。当年小他五岁的小叔子比先生早恋爱结婚。在收拾新房娶弟媳时先生的书遭到父亲兄弟的扫荡，扔了满屋满炕，那盛书的橱柜变成置放杂物的地方。幸亏婆婆赶来及时，将大儿子省吃俭用省下来的钱换成的"宝贝"一本又一本地摞好，用一纸箱装好搁放在儿子的睡床下，才免于被收破烂的按低价收走变成废纸一堆。那堆书中就有那本借相亲谈对象为由买来的那本《辞海》。母亲对先生的理解支持，他一经提起，泪就盈满眼眶。

结了婚后，我们像两只迁徙的鸟儿一次又一次将婆婆抢救下来的"书宝贝"三本五本地搬到城里，那本残破的《辞海》在先生重新美容包装后，被封为"群书之王"。它的扉页上先生写下了座右铭："书山有路勤为径，学海无涯苦作舟。"他将这"群书之王"置放在他的案头，每日工作、写作遇到了问题，就去向这部群书之王请教。

如今，先生的群书是他的挚爱，也成了我的宝贵财富。读书成了我的最大业余爱好。不用跑书店、泡图书馆，坐在家里，不用走出家门，面对先生这些年日积月累淘来的好书，我就可以坐拥一座小小书城，享受文字带给我的乐趣。读得多了，也就试着写点文章，向先生请教。于是我动笔写了一些短小的散文随笔，每日和先生对坐在书桌旁，成稿后请教先生替我修改润色，遇到文思枯竭、搜肠刮肚、踏破铁鞋觅新词时，先生就善解人意地从书架上取出一本适合此时的书，让我搁笔重新阅读。有鲁迅的、冰心的、林语堂的、梁实秋的，看过先生推荐的名家散文，我这才知道了自己在写作上要学的太多太多。

感谢先生，我的文字不断见诸报纸杂志，离不开他的众多藏书，正是这些书中宝藏丰富了我的写作内容；感谢上苍让我今生遇到先生，是他和他的书让我品味到了文字的快乐，从此不孤单；感谢先生的母亲，在他手头拮据的时候，将省吃俭用积攒下来的钱塞给儿子，让他有了足够的经济能力买书；感谢书籍，是书中文字成就了我们今天的幸福和快乐。

千金散尽为聚书

说聚书，不说藏书，是因为我家先生的那句座右铭：千金散尽，为聚旧书。

不是一家人，难进一家门。

买书，我也上过瘾。可和我家老公比，小巫见大巫，一步对百步。

结婚前，因为喜欢买书，也发过"烧"，把父母赞助的置装费、化妆费、车程费尽量压缩再压缩。衣裳还是原来的衣裳，脸还是原来的脸，高档化妆品从来没用过，素面朝天，能步行绝不坐车……省下来的钱，书包里背回成摞的新书旧书。

我这买书的热度，跟我家吴同志比，不过小小的"低烧"。

我家先生搜集旧书几乎到了狂热。

为了买书，他的头发宁肯不理不染，三十几岁的人顶着一头四十几岁的花白头发，揣起我给他进理发馆的钱直奔旧书市场、旧书店。万一碰着自己喜欢的旧版老书，进理发馆的钱不够，就动用我给他的生活费。

作为民办中学的班主任，他必须寄宿在学校，每周的生活费高达三百多。实际上他是吃不了那么多钱的，他一不爱吃肉,二不经常下饭馆,烟酒更是从不染指。那小金库里的钞票哪去了? 不用说,都到了他床铺底下的纸箱里。他聚来的书很少摆在明处,他怕人家借了不还。

这方面他是吃过哑巴亏的,一部老版《辞海》,人家说借去查资料,这一查就有借不还。先生委婉地提过,人家愣是不提借书一事,于是先生踏遍铁鞋,用我给他买皮鞋的钱,重新出高价从旧书店淘回一本,就像找回自己丢失多年的孩子,先生欢喜的不得了。

刘旦宅的《红楼梦人物画册》,我家有一套。在旧书市场,一模一样,先生又摸回一套,品相差不多,第一套二十元,第二套两百元。先生说,咱家两丫头喜欢书中的十二钗画像,可有老大的,不能没老二的,俩妞一人一套,谁也甭抢。我上网查过,这书所见不多,再过几年,怕难寻踪影,俩小孩都喜欢看这类书,是好事,给她们买书我更是义不容辞。

可是,眼瞅着家里到处是书的拥挤和逼仄,我不仅把自己买书的热度退下来,还越俎代庖地控制他也少买些。物价飞涨,孩子见长,父母渐衰,哪里不花钱? 有些书,买了却不看,花那钱干吗?有些书恁贵,你买了它,咱家的生活一下子就捉襟见肘了,何必呢?

可是,聚书已经成了他工作之余主要的生活内容,哪里割舍得掉,放得下? 父母养老、孩子读书、家庭生活,他可以多接课时,多写文章赚稿费。至于孩子吃穿,不必太超前，干净利落就行，不能助长孩子吃穿的攀比心理，比起吃穿，还不如培养孩子从小爱上读书，家里有这个方便条件，腹有诗书气自华嘛！至于生活，朴素平淡最好，到什么时候，也不能没有精神生活。

嗨，劝不了拉倒，谁让自己也喜欢读书呢？先生哪次买回的好书不是让我先读呢？只要有书读，千金散尽还复来！有文化，有知识，穷不到哪去！

收藏书籍，建筑精神屋厦

在这座文化小城，我和先生不过是寄居在人家廊檐下的两只燕雀：辛苦赚钱，抚育儿女。能够衣食不愁，能够尽儿女孝道，给予曾经养育我们双方的年迈爹娘一些生活之需，仅此而已。

可是我们又不同于身边的那些离开乡村、寄居城市而不喜读书的打工者，因为我们喜欢从事一项别人不屑，且需要不断投资的文化"事业"，那就是孜孜不倦地购买、阅读一些文史哲方面的旧版书。当初因为共同爱好走到一起，如今又因为这一爱好，就得不停地在仅有的物质基础上，勤俭节约，把省下来的钱，不断地投入付出。但在我们看来，它是一件多么快乐和幸福的事情。

在我们恋爱之初，已经有了默契的约定，我们可以粗茶淡饭，可以粗布旧衣，可以食无肉居无所，但是不能放弃我们建筑精神屋厦的约定。汗牛充栋的书城、书厦，常令我们囊中羞涩；豪华珍贵的精装版图书，会令我们望而生畏。只有那些从图书馆淘汰下来，从书店下架折旧，从废旧纸张堆里拣来再经旧书摊卖给我们，纸张泛黄的，书香不在的廉价旧版书册，才是我们的最爱。那些经过历史沉淀的文字书籍，同样是我们需要的。

结婚十余年，在我们租住的蜗居斗室里，最值钱的不是吃穿住行，不是柴米油盐、音响家电，除了一台还算值钱的液晶电脑外，就剩下满屋满室的古籍旧书，和堆成小山一样的文史杂志。那些20世纪80年代初的旧期刊，比如《文史知识》《古典文学知识》《名作欣赏》《红楼梦学刊》等等，那里面聚集了我们国家当时顶尖级的文史大家，像顾颉刚、俞平伯、周振甫、夏承焘、余冠英等等。

而那些文史大家专著的书籍，我们同样是有几本买几本，看见多少买多少。三月不食肉味，是我们的家常便饭。一套《二十四史》能花去我们一个星期的生活费；两百多元的打折羽绒服，先生舍不得买，三四十元钱的牛仔裤一穿就是三四年，屁股磨得发白，都不在乎，可是一套旧版《辞源》就花去一百八十块钱。平时口袋里掏出的十块二十块买回的各个版本唐诗宋词元曲注释选，根本没上过家庭账面。

书橱里的那套《知堂书话》，当初从旧书摊上淘来时，只有上册，没有下册，在先生看来就像失散的夫和妻。为了他们能早一天破镜重圆，先生踏破铁鞋，跑遍这座城市的大小旧书肆冷书摊，问遍所有熟悉的读书藏书的人，不管人家要多少钱，这个"月老"他是当定了。功夫不负有心人，勤奋和不耻下问终于让他梦想成真，那一套《知堂书话》的上下两册"夫妇"终于鸳梦重温。

如今我们的精神屋厦，逐见雏形。工作之余，我们彼此在写作上面也小有成就，大到国字号报纸杂志，小到这座城市的晚报副刊，我们的文章频频亮相。在匆匆忙忙的城市人流中，我们是别人眼里、嘴里闯进城市的贫穷乡下人，我们没房、没车、没存款，孩子和我们一样，只有最简单的吃穿，业余爱好就是读书。

只有我们心里最明白，知识能改变命运，能改变我们夫妻还有我们的孩子。我们的精神屋厦才是我们最珍贵的财富。将近上万册的古旧书籍、文史哲书籍，以及供孩子们读的神话、寓言、童话、百科和中外名人传记，绝对抵得上一个不大不小的书店。坐拥书城，快乐和幸福，不言而喻。

我们常常对俩孩子说："宝贝，父母将继续建造咱家的精神屋厦。等你们长大，我们就带着这满屋满室的书籍回到老家旧宅，在乡下读书写作，慢慢变老。我们相信，有书陪伴长大的孩子，一定会有大出息！"

围城有书

书籍，是我们夫妻的"至宝"。的确，这些年，就是这满屋子的藏书，让我们真正体会到文字带来的幸福和快乐。正是因为有了这些文字记载，更让彼此越来越相亲相爱，无法分离。

写作，在少年时代就是我唯一的爱好。日日读书，信手涂鸦，成了我日常生活的一部分。笔、本子还有书，不离我左右。尽管做着多年"作家的梦"，可真正变成豆腐块的文字并不多。

多的是那些不断从书店、书市、旧书市场淘来的各种书籍。到了谈婚论嫁的年纪，望着满满的一橱橱、一箱箱、一袋袋书，从中外古典小说名著，到名家诗歌散文，再到各类期刊，我发愁找个什么样的夫君能盛装我这些心爱宝贝。

找一个相爱的人结婚，不难；关键是，痴迷读书，与书不离不弃，与我志趣相投，并不是一件简单的事。是书给予我们这份情缘。初次见面，不是他，而是他怀里紧抱的那本厚厚《唐宋词鉴赏辞典》，我寻觅许久，多年未得的经典好书，只可惜晚了半步，被人捷足掠走。那本该属于我的大部头呀！

为了它，我一再与那旧书老板打听，那抢书人姓甚名谁，能否将手中书高价转让给我。热心的旧书老板不断牵线，从认识到熟识再到借书还书，一来二去，彼此爱意萌生，索性他的书就不用还了。

感谢上天，在茫茫人海，让两个痴迷读书的男女，以书为媒，在年轻的时候相遇，然后相爱结婚。

再相爱的夫妻，难免出现婚后"审美疲劳"。磕磕绊绊，马勺碰锅沿，吵架、拌嘴、负气，甚至偶尔的分居，我们也在劫难逃。

幸好，还有书，我们彼此一辈子都不肯撒手放弃的东西。否则，我们谁都不知道，该如何停止"婚姻围城里的战火"，这七年夫妻如何止痒？

感谢满屋子的这些书籍，让我们慢慢抹平彼此的尖锐、刻薄、世俗、平庸，在淡淡的书香氛围，彼此退至书前，给彼此一份宽容。在书的面前，我们都是投降者，因为在婚姻里我们不想失去属于两个人的书籍。

在婚姻的围城，谁也无法否认，再和美的夫妻，也有缺失、缺憾、不如意，能黏合彼此感情裂痕的，有物质、有精神、有父母、有子女、有挚友亲朋，而我们则是书。文字让我们彼此改变，成熟、担当、宽容、睿智，逐渐远离世俗男女的针锋相对、鸡零狗碎。平和、温润，书香浸染。

这绝非故作姿态，涂脂抹粉，这种朴素真实的感受又让我不得不时常感谢彼此的父母，是他们"纵容"了我们的阅读、购书习惯，上了书的"瘾"，不能一日无书，没有文字的陪伴就像少了一日三餐。不吃饭肚子会饿，不读书精神会饿，两种饥饿，一种难受。

在满是物欲，金钱至上的世界，我们曾经也很受伤，乡村人闯进城市，因为没车没房没有华丽的着装，被别人鄙夷，被别人瞧不起。有语言的伤害，有目光的伤害，有尊严的伤害，将我们贬低到最低的尘埃里。还好，我们没有被压垮碾碎，勇气、志气和我们越来越强大的知识和才气，不断地为自己竖起一面迎风飘扬的旗。

这些年，是书中的文字拯救了我们，不停地读书写作，为我们缓解生活的困惑压力，滋润濯洗着我们几近被污染的心灵，拉近了忙碌中逐渐疏远的情感距离。并且我相信，总有一天，通过我们的努力，在城市，会换得一套属于我们和近万册藏书的住房。

置身满室书香，两颗不服输的心呐，本着思考，本着努力，本着向上，在书海里，同舟共渡，划桨起航。

读书以悦心灵

读书,在我的日常生活中不可缺少,就像三餐,其中的乐趣不读书的人根本无从知晓。不管别人怎么说,用什么眼光看我,说我是书呆子也好,嗤笑我整个一耗子啃书——糟蹋纸张也好,我想他们总有一天能感觉到读书与不读书的距离和差别,总会发现不读书而显现出的落后和短浅。

现在的世界的确读书不如拼命赚钱被人们看好,那些以金钱、物质为追求的人,怎么也不会懂得一个婚姻中的女子为什么视书如癖。我不知道像我这样的女子还有多少,她们是否和我一样,经常在一天的劳顿之后,手捧一本书,任思想的双翼在文字世界自由翱翔,让身心得到片刻的小憩。精神的愉悦,内心的丰盈,感觉灵魂深处有一种信念的力量在升腾,于时间、于空间,于过去、于将来,此中的快乐在我这一生里都会无限增大,无限延长,在目光接触到美丽文字的一刹那间。

手捧一本书坐在洒满月光的晚上,床头的那盏小灯伴我,一册书卷将自己深埋。从开启扉页的那一刻始,整个人就进入到了另外的一个世界,带着对现实的困惑、迷茫进入到一个智者云集的纯粹世界,与智者、与老师、与思想大家做无声交流,零距离接触,向他们倾吐胸中的累累郁闷,绕来缠去的世事纷扰,精神的、物质的以及来自夫妇、朋友、同事、儿女之间的烦恼忧愁。有时并非真的想得到问题的答案,而是渴望让自己静下来,稍稍远离,跳出凡间世事的泥沼,然后正确梳理糟乱后的心情,最后确定一个能解决问题的最佳方案。

要读的每一本书,选择的关键是能否与作者在思想和感觉两方面的和谐融洽。林语堂说过:"在书页上会面时,如面对自己的肖像一般,这种精神的融洽为灵魂的转世。"有了这种精神的融洽,读起来的文字才会力透纸背、融会贯通、为我所用。当你感觉到一个作家的文字正和自己的读书品位,有一种相见恨晚、相谈甚欢的感觉,越读越像自己内心在表达,自己跟文字之间仿佛是久违的知己,悲欢离合喜怒哀乐都渴望一一道出,就像是自己灵魂的转世。此时,得到书籍滋养的灵魂,就像哲人、智者、大家慰藉温暖我们的有些受伤的心灵一样。

孤单寂寞的时候,倘若要让我们麻木僵硬的心灵重新活跃丰盈,找一种愉悦自己的简单实用方式,那就捧起一本性情相通的好书,给予自己一种信念,点燃蓬勃向上的生命灵感火花,怀一颗温暖圣洁的高贵品行,穿越古老方块字带给我们的永恒不朽的精神力量,去寻找心灵快乐的源泉。

淘不尽的珍宝

周末下午，先生从书市回来，一看就是满载而归。发白的大书包里又是塞得满满，晨起送他的几张百元大钞看来所剩无几。

晚上看他在灯下细心、专注地翻阅、赏玩那些在书市淘来的"宝贝儿"，我满肚子的怨气和怒火早就跑得没了踪影。默不作声，悄悄地从他手边抽出一本，靠在床头，不想没几分钟就进入到书中世界。

从事语文教学的先生除了书，他的精神尤物，再也没有旁的爱好，烟不抽、酒不喝，最爱收藏各类版本旧书籍。他喜欢用"脉望"（一种传说中的书虫）形容自己，家中四壁书橱、书架里的每本藏书都融进了他辛苦淘书的身影，哪本书从哪个旧书店、哪个街边角落旧书摊淘来，哪本书有着怎样的精彩淘书故事，哪些书是他缩减身上衣、脚上鞋、口中食偷偷攒下钱购得，他都能一一道来。

先生的生活信条就是："生活不能离开书籍，精神食粮永远比物质食粮要紧！"他这样，也要他的伴侣是这样。在我们相爱的甜蜜阶段，别说鲜花、巧克力，就是一串街头小店中的烧烤油炸，走巷串街吆喝的冰糖葫芦他都舍不得买，却不吝大方给我掏钱买了我心仪了许多年的《莎士比亚全集》。

在我们结婚以后，两间蜗居斗室，除了一张床和必要盛衣家具，其余全是放书的地方，书架、书橱、书桌……里里外外全是书，我和他业余写作辛苦赚来的钞票差不多全买了书。正如他所说，我的幸福生活就是像只虫子一样啃食着书中食粮。

每每夜深人静，我和他读书读到疲倦劳累的时候，总想起宋朝女词人李清照和她的丈夫赵明诚的故事：金人入侵，宋廷南逃，李清照随赵明诚仓皇避难，他们历年收集的金石书画，在南逃的路上，丢失太多太多。

李清照曾在她的《金石录后序》中描写：他们结婚伊始，生活贫困的时候，夫妻二人如何喜欢字画，又买不起，以后生活转好，怎样慢慢地收集收藏。为着这些事物，他们盖起书楼，保存布置，字里行间，漫溢着他们婚姻的快乐和幸福。后来金人入侵，山河破碎，丈夫的早亡，金石书画的难保，横遭劫难，"不肯过江东"的男儿心境，老后的贫穷困境，想想都让人不觉泪下。

幸亏，我不是李清照，没有生活在那个动荡的南宋年代，连好好读书写字的环境都没有。可有两样，我可以和她一样：一个喜欢收藏的丈夫，和我们满屋满室的书香。

我是幸福的，尽管我没有宽室豪宅，名车华衣，可是在这知识改变命运的年代，我一直相信，穷日子只是短暂的,生活环境总会慢慢改变,就像我那书呆子丈夫平时爱说的一句话:"书中有学问，书中有着淘不尽的珍宝,而这珍宝属于你的,凭谁也抢不去。"

寄养之书

　　实在羡慕那些有大书房的贵胄人家，那种书香满室，从长者到幼童，都能经常浸淫书册，捧读阅之，不将书籍只做装潢，充其门面。真正的书香世家，从那家里走出的子弟，定会男儿儒雅，女人娟秀，知书达礼，文质彬彬，全身透出那么股书卷味道。

　　在这座房价不断上涨的城市，来自乡下的我没有那样的室，也没有那样的房，书斋倒是有一个，不过它是租来的。我和先生，还有我们不断淘回来的书宝贝，聚在一起，被塞、被装、被捆、被摞，书桌、柜橱、纸箱，四处分散，有时写作时，因为确认某句话、某个典故、某个文人往事，翻箱倒柜，一经找到，大呼"在此，在此哪！"

　　面对着常被我折腾得不亦乐乎的书，我真是有愧，有闲钱把它们聚来，却没本事、没财力，给它们一个安定居所，几个盛书的橱，哪怕是一个简单的书架也行。可是，它们像它们的男女主人一样，都属于蚁族，装进装出，搬来搬去，不知道哪一回，哪本书就丢得不知去向。有时读了几页，随手放置在床边案头，收拾整理时不慎掉进角落缝隙里，再找到时，早就被鼠咬，被水淹渍，被灰尘腐蚀，早就没了原来模样，要它做啥，不如顺手扔进垃圾桶。

　　今年，我的俩小孩进入幼儿园，我们不得不再次搬家，迁至孩子幼儿园附近租屋。可是，要么租屋窄小，无处放书；要么租屋宽敞，要价高昂；要么离幼儿园巨远，搬家失去意义。思来想去，幼儿园三年，俩孩为先，租屋窄点，就近来回，大人小孩两方便，为我读书写作腾出时间。

　　书们，被逼无奈，只得考虑寄养。一部分读写计划之内所用，留下。分先后，早用请上书案，晚读装进纸箱，和我们挤进租屋，搁置床底。其余全部收入纸箱，胶带封口，电脑箱般大，大约两百个，被一中型小卡，连同我们暂时不穿的衣物、不用的家什，被拉回乡下的不是我们自己的家。那些衣物家什，算不了什么，可怕水、怕火、怕潮、怕湿、怕虫、怕鼠的书们，不能随便一丢，可得找个好去处。

　　大姐和我一样，是个嗜书之人。独生子上了大学，她在乡下种地之余，手不释卷，况且新屋大宅，宽敞亮堂，把书寄养她家，是无奈中的最佳选择。寄养之前，数次嘱咐大姐：我的书们，可翻，可读，尽量不借。借给那些不爱书的人，我怕书们遭罪，或者有去无回。再说我们的书大多为文史哲类，没有言情武打恋爱小说。万一有人来借，就把我的那些发表过的杂志样刊，送给他们，至于我的文字，不提不提。有少年幼儿父母来借，我家孩子读过的童话寓言，尽管拿走，不还我们再买。至于有同好之人，前来非借不可，那就把多余的副本给他，最好通知我们，给我和老公有个交代。

"放心！乡下人大多忙着赚钱造屋买车，娶妻生子，上网聊天玩游戏，谁看你们家的旧书。我替你们看好就是，防虫，防水，防老鼠，就等我家儿子放假回来，和他老妈一块读，行了吧！"

书们寄养安妥，把家安置下来，看着家里大大缩水的那几箱子书，突然对着同样书虫的老公大吼："咱要赚钱，买房，买带书房的大屋，然后把咱家寄养的书们，请回来！"先生大声回答："对，这房勒紧裤腰带也得买，把咱家的书养起来！"

分居两地的书们

　　为了俩孩子上幼儿园方便，我们把家搬到幼儿园边上的某公寓。搬家时，我们最愁的东西，莫过于五六十箱子的藏书。家是租来的，书是自己的，人走不能留。又因为新租屋，书多屋窄，不得不将书寄放到乡下，暂时与我的书们分居两地。

　　搬家时，仔细甄选，到底还是亲疏有别，就仿佛是一大堆养不起的孩子，不得不送出去寄养。身上肉，心尖尖，无论如何也无法割舍。挑了又挑，拣了又拣，最终留在身边，有的摆在别人淘汰的一个简单的旧书架上；有的散落在书桌案头、床头枕边、电脑主机一侧；暂时不看的，我和老公睡床上，书们暂时睡床下。它们终究比寄养在乡下的、被暂时遗忘的书们幸运得多，至少在这个盛夏，大多留下了我的手温、我的随看笔迹、我每次沐完浴的体香和发香，和我在厨房里，一边熬煮乱炖，一边手不释卷，不知不觉中，裹挟的饭菜肉味香。

　　这几箱书中"亲子"，大多与百年文坛学者大家有关，和与他们相关的传记、书信、日记有关，当然也和我的文学性情有直接的关系。比如青春少年时，领我启开文学殿堂之门扉的文学前辈、我故乡平原的前辈作家孙犁，他的书，小说、散文、书信、读书笔记，无论新旧，我都不舍得从我身边送走。如果实在要送走，除非有两本三本雷同的，我留下有我笔迹的那本。有了我笔迹的那本，我就可以随时翻开，随时与自己心中的文学前辈，进行思想感情的交流。

接着就是孙犁先生一辈子追随的百年文坛执牛耳的大先生鲁迅，以及近年来的冷饭热炒的二先生周作人。我集藏了许多有关周氏兄弟的各种研究资料，以及研究资料中提到的各类书籍。这些有关周氏兄弟研究，各类书籍多得都超过两兄弟的身高。我只选我喜欢的，比如舒芜、曹聚仁、钱理群、止庵、孙郁，而今年夏天我只选了钱理群和孙郁，一本新版的孙郁《鲁迅和周作人》，一本旧版的钱理群《周作人研究二十一讲》，因为他们是研究周氏兄弟中，最令我为之倾倒的两位学术大家。钱理群，我喜欢他对周家长兄二弟之间分分合合的哲学趣味；孙郁，我喜欢他对鲁迅、周作人作品解读的文学趣味。这个夏天，桌边案头的一钱一孙，每日逐字逐行细细品读，就感觉只有这样的学者大家的文字，才能把生前老死不相往来的断交失和的两兄弟重聚到一起。鲁迅也好，知堂也罢，再怎么挣扎搏击，逃避隐匿，文化根基都还是扎牢在古老华夏这一领域，彼此的文学灵魂，相互重合，彼此争锋牵扯，逃不了你，跑不了我。因为彼此太了解，因为太深谙，才最相知，最懂得。

读周氏兄弟，还得读他同时代的文学同路人，章太炎、陈独秀、蔡元培、徐志摩、俞平伯、郑振铎、胡适等。从床下箱子里我最终选择了胡适，不是胡适的白话诗文，而是他的传记和书信，比如他的《四十自述》，比如他的那些广为人知的书信。还有一本从书摊上廉价买来的周海波的《胡适：新派传统的北大教授》，让我知道了一个二十七岁的年轻北大教授，是怎样在哲学、英文、文学各个领域，赢得北大年轻学子的热烈欢迎。他的教育观、他的博学多识、他的勤奋治学、他的宽容气度、他的翩翩风度，一百多年来，依然是个热话题，值得后世讨论和思索。

然后就有了与胡适有关的那些民国学者、大家的往事、家事和情事，比如他和小脚太太江冬秀，赵元任和杨步伟，陈衡哲和任鸿隽，陈寅恪和唐筼。然后一本又一本，购买有关他们的传记，他们的书信，他们的文史资料，在书店、书摊搜寻，新旧书籍，在这个夏天，旧书架很快就塞满了。

"亲儿笑，养儿哭"，读书也是一样，对那些寄养在乡下的书们的思念和渴望，很快被购买来的新书代替。今年夏天，我这个拥有众多藏书的母亲，看着我身边的俩快乐幸福的孩子，突然就想起寄养在老家的书宝贝。它们是不是发霉了，是不是被虫蛀了，是不是被乡下的老鼠欺负啃咬？它们肯定因为被冷落在乡下老家而无声哭泣。心疼之余，决定尽快回乡下一次，看看我的那些书们，"看书消夏"，也顺便用不看的手边书换回几本寄养之书。

书"乱"生活

　　无论我和先生如何节制，如何压缩手头开支，事实上我们早就无法改变：书"乱"生活。这种过日子的方式，自打我和他相识，早就约定俗成，书嵌其中。

　　想书、淘书、读书、藏书，且忙在其中，吵在其中，困在其中，乱在其中。吭吭哧哧，左右权衡，哩哩啦啦，紧紧巴巴，书包空着去，满着回，一路买一路穷。常常因为买书，气不打一处来：记着买书，忘了买肉；记着买书，忘了孩子的生日蛋糕；记着买书，忘了回家的时间，等等。忙过吵过，恨过闹过，买回来的书，就是没有撕过，实在舍不得，包括我们渐已长大的俩妞。

　　骂了然后又心疼，嘴里唠叨，等哪天，气急了我，你自己就去和书一起过吧！我和俩妞娘仨一起离家出走，不和你这书呆子在一个锅里搅和！可最后，还不是绑了围裙下厨房，去给因为用钱买书，不舍得花钱吃碗豆浆油条，肚子饿得咕咕叫的他下碗挂面再卧上个鸡蛋。

　　我做饭，他赶紧抹桌子盛碗，嗫嚅着承认自己又超了支，花多了钞票，保证以后不再犯错，少买几本，再少买几本，把钱省下来给孩子花。然后，抢过他的书一看，却原来其中也有我和孩子最喜欢的绘本、随笔散文和名家画册。还说什么,过吧,穷就穷呗,至少还有书牵扯其中。和他继续围着满屋子书转陀螺,继续忙在其中,乱在其中,当然也是乐在其中。

四十岁,特别是像我,晚婚又晚育,结婚晚十年,生孩晚八年。十八年寒窑王宝钏,等薛平贵等得花儿都谢了。我不等薛平贵,我也不想登殿做皇后。我只等过属于我的书式生活:临窗而读,迎风写字,让一个个汉字,像庄稼一样在心的田野生根发芽开花结果。我喜欢每个汉字的平仄升降,汉字与汉字叠出的喜怒哀乐,汉字之间构筑的汉学、史学和文学,和那些精搜细选,十几年淘来的书,《诗经》《楚辞》《汉赋》,唐诗、宋词、元曲、二十四史、四大名著,读着读着,日月更替,年岁变老。

过到四十岁的女人,在我老家差不多都当了奶奶或姥姥。儿婚女嫁,闲得一身轻。打个小牌,搓个麻将,东家串,西家聊,催着儿女生个娃,带在身边,驱愁解闷。甚至有更时尚的,家里有大房、汽车、电脑的,闲下来看碟、学跳广场舞,一身鲜,人红、人绿、粉白、浅蓝,化了妆,抹了口红,一帮中年女子切磋舞艺,恨不能哪一天也跑去电视台一展身姿。除了张家长李家短,她们很多又青春了一回,快活了一把。

而我,十几年的光景,从二十八岁独自进城,来到保定,和同样从乡下独自闯进城市的他,因为喜欢书,因为阅读,而结缘,然后恋爱结婚。婚后八年,俩人除了在民办学校教书，课余时间就是读书写作。在别人忙着赚钱，就是借钱贷款，也都买了房，然后买了私家车，过上了更体面的生活时，我们的业余时间都在老城根脚下，转旧书店、旧书摊，翻找属于我们的书册。

十几年间，眼瞅着房价翻着倍往上蹿，在别人兴奋、激动、快乐、幸运着自己的幸运时候，我们却和书一起辗转搬家，不断漂泊。还有我们的俩妞，跟着父母一起，跟着六十几箱淘来的好书，奔波辗转。为了阅读，为了自己的嗜好，我们没有时间四处看房看楼，也从未把周围亲友赶紧买房的建议当成大事，去主动谋划，赶紧投资其中。然后，城市的东南西北，高楼林立，而我们眨眼就将年过不惑，也常常望楼兴叹，愧对俩妞。愧过之后，看着我们的俩妞，也和我们一样，也开始浸淫书册，心也就释然了。

亲爱的孩子，原谅爹娘吧，我们眼下只能给你们精神远远大于物质的日子。书乱生活，无论如何，我们的日子，都要继续。即便是寄居在别人的屋檐下，也还有我们停泊的一角之地，放锅碗瓢盆，放我们的书册。努力，相信吧，知识总能改变现实生活。我告诉俩孩子，妈妈的写作，爸爸的讲桌，父母会用自己所得到的知识，让我们过上越来越幸福美好的生活。至少让你俩，和咱们满屋的书籍，不再辗转漂泊。

海豚书，真幸福

　　每次临近周末，是我最矛盾的时候，一个主妇一个书迷，那种滋味就像流氓鬼和绅士鬼在周作人心里作祟干仗吵架。生活和买书，就像拉锯战，你来我往，此起彼伏。油盐酱醋和一堆淘来的旧书，要么此多彼少，要么不要面包选择精神。我不能太偏向选择后者，因为我的俩妞正在成长，需要钞票换来骨骼的不断结实与身高的不断延展。

　　做书迷，一个赚不太多钞票的城市草根，为了读书，恨不得一块钱撕成八瓣花。只有选择在每个周末，特派淘书迷老公，早早地跑去旧书市，淘上几本自己盼了一周的好书。况且，上个周末，那个卖旧书的"小范贩"早就放出风来：下个周末，钞票准备好喽，有打折的海豚书馆的好书咧！

　　居城市大不易，这个难当的家庭女主角，每天大早愁煞我。一手是等周末要钱去淘书的老公，一手是日日需准备的早餐，是素馅包子和稀粥，便宜廉价钞票有余，还是肉馍加鸡蛋，或牛奶面包，保证身体所需物质营养？如何平衡精神和物质，头疼，唠叨，烦恼，恨不得工资稿费尽快涨高再涨高，不为别的，就为买书。

最后只好换成素馅鸡蛋包子，牛奶不能换，撤掉肉馍和面包，可以是大饼和油条，或是主妇亲自烹制的八宝饭，自己腌制的黄瓜萝卜小咸菜。省出来的钱，给了淘书老公，对着床上的俩妞，悄声说上一句："书爸书妈对不起你俩！从明天起，关心粮食和蔬菜，虽然无法面朝大海，春暖花开，那也一定要做个幸福的人。"

每日早餐省下来的钞票，竟然换来这么一堆，渴望已久的八九成新的旧书，有故事、有绘本、有董桥、有张大春、有傅月庵，还有美女周炼霞。从淘书老公的描述中还能想象得到，一大早，保定古城力高豪园旧书市，那番抢书情景，全是海豚书馆的书：橙、蓝、红、灰、绿、紫，一系列，里三层外三层，大多人在疯抢一个叫董桥的香港老头儿的书。

呵呵，那么多人喜欢董桥呀。宅在家里画地为牢，顾自以为唯有小女子知道。"淘书迷"老公还说，不仅如此，他们很多也知道海豚书馆，知道此书馆的新书，大多价昂质高，专等旧书市场的海豚好书，用来填补读海豚之好书这一空白。原来有那么多同道，原来还有那么多普通读书的人家。

省下口中餐，只为手中书。做个幸福的人，不必面朝大海，春暖花开；也不必锦衣玉食，豪车大宅。捧一本海豚书馆的打折书，有时就是一份真幸福。

九九重阳,想念一位书香老人

一直想在重阳节前,去探望一位文学前辈。老人家已是耄耋之年,虽满头华发,但数次拜访,忆起往事,侃侃而谈,思维活跃,不逊我等青壮年。老人家,除步履稍微蹒跚外,无疾无患,和老伴居一处,在他的"紫骝斋"每日勤奋耕读,写文著书。

和老人家相识,特别偶然。2012年年尾,为纪念孙犁先生诞辰百年,我不断搜集各种犁翁的旧版本小说、散文、文学评论和读书笔记。先是在旧书市场、旧书摊、旧书店,我家先生帮着我四下搜集,淘到数本,有的选本和我家的旧版雷同,有的很不满意。我特别想凑集孙犁先生的那套耕堂十年小版本,我缺的《晚华集》,未能找到。

最后,选择在网上淘书,每日不断浏览孔夫子旧书网。为尽快找到我喜欢的版本,尽快拿到书,我们锁定在保定大小网上书店。签名本不要,贵的不要,品相不好的也不要,最好便宜实惠,有旧书如新。就这个既想买书,又不想多掏钱的吝啬机缘,让我们认识了他——一位文学前辈。

我们电话联系那本孙犁旧版小书的主人,我家老公无意中的几句话，很快引起老人兴趣。"我和我爱人，不爱房，不爱车，也不好吃好穿，唯一爱好就是买书，读书。"老人家在电话里就急切地邀请我们登门，共话孙犁，共叙读书，交流思想。喜得我家老公恨不得立刻见到他。要知道逢着一位以读书为乐的人，在我们寄居的城市，实在寥寥。

　　年尾，学校放寒假的头一天，我们把孩子们送进幼儿园，第一等要事就是拜访老人。那天，天公并不作美，一天一夜的大雪，没过脚面。跟老人家电话说，地面泥泞，唯恐我们夫妇的四条泥腿，弄脏您家地面，老人家一听，说，那有啥关系，来吧来吧！

　　从我们居住的南市区，到老人家居住的北市区，一路上公交车都不停，我们只好打的，在一路电话指引下来到老人家居住的小区。脚下虽是厚厚皑皑的白雪，电话里老人家的热情，让我们心里热乎乎，突然就有了一种"踏雪寻梅"的诗意感受。雪地里，有一枝老梅在等着我们。未见梅花，先闻梅香。

　　按铃，轻叩，隔着门扇，我们终于见到了老人家，我和老公相视一笑。嗯！正是我们想象的模样：儒雅、书香，有点不染世尘，目光里，有着我们渴望彼此交流的热切。在老人家身后，我们还看到了牵手相伴，一路相陪的老太太。老先生拉着我家老公，老太太拉着我，鞋都没换，直奔老人家的书房——紫骝斋。

进入书房的那一刻，我和老公再次相视，对，这就是我们梦寐的生活：浓浓的书香，一台电脑，屋角的花草，一夫一妇，读书共度，世事喧嚣，尽在室外，夫复何求。

老人家说，孩子并不太好读，也不钻研学问，一些书，感觉成了累赘，就想让书们有个好的去处。"我们家里的书，你俩不用掏钱，尽管借去读，没关系的。"老太太也拉着我的手，嗯，就是就是，哪本用得着，尽管拿去读，看完再换。相见恨晚，仿佛认识多年。

可是老公还是表达自己的想法："老人家，儿子不读，咱不是还有孙子吗，有书香的家庭和没书香的家庭，后辈的教育肯定不一样。"老人家深有同感，当即嘱咐老伴，咱家的书，还是留些给咱孙子吧！

那天和老先生说书，共话孙犁文字，倾听他讲20世纪50年代的北大学生时代，他的老师林庚、魏建功，听他讲在唐山大地震中的九死一生。临走时，老人送了我们数本他的日记、读书记和负笈北大、搜书藏书的专著。

回家读书，噢，老人家，竟是唐山原来的文联主席，国家一级作家。这让我们有些受宠若惊。假如，我们真的知道这些，我和老公很可能会放弃这次拜访。毕竟我们不过是这座城市的"打工一族"，在城市人眼里，我们还是乡下人。

今又重阳，非常想念他，我敬重的一位老人家——马嘶老前辈。可是非常遗憾，今天下午收到老人家的邮件,前辈已经搬回唐山居住,已不能面谈。如果从空气污染指数来讲,我真心赞同老人家搬走;可是能共话读书,思想交流的,在这座城市,能有几个?

九九重阳后,秋去冬来,皑皑雪冬,唯有梅花是知己。突然想起去年我们夫妇踏雪寻梅,书架上的那几本未读完的"紫骝斋"著作。我想,今夜,会有暗香袭来。

中秋书事

这个假日，忙里抽闲，通过网络、书厦、旧书肆，先生帮我，诗集、随笔、传记、评论，一本又一本四处搜集，旧的新的，拣来最喜欢的几本。厨房案上、卧室床头、小儿玩具窝一侧，时而站，时而坐，时而卧，望一望窗外一轮明月，瞅一瞅床上酣睡幼儿，饭后睡前，目光闪进一摞书册，浅进深出，尽情尽兴。一直读到意识深处，读到境界高处，读到思想树上，结出几枚红果，捧至笔端。伸伸臂膀，耸耸肩头，扭扭脖颈，嘻嘻一笑：嘿嘿，读书真好。

一

为人妇后，一家四口吃喝拉撒，全靠先生教书度日，自然不会太富裕。一心想做个贤妻，照顾好俩幼女，让她们吃饱、穿暖、快乐、体健，像蝴蝶一样飞去飞来，像小树一样茁壮。读书写字，业余爱好，求得流到笔端的文字，性情如我：善良、恬淡，小桥流水，涓涓潺潺。主职为人母，副业读些书，不觉中多些悦纳柔情，少些苛责暴烈。孩子如影随形，亦步亦趋。街邻老者唤来妇幼，书香家小儿自幼品高，多从多学多交。一群少妇儿童，纷至沓来，结伴同乐。嬉戏完毕，围成一圈，席地而坐，求我读书给他们听。随手从桌上捡拾一本，最新安武林的儿童诗。武林小诗，云朵一样洁白，流水一样澄澈，有爱，有暖，有童年，再合适不过。把诗句轻读，孩子侧耳，眼前就有了秋日美景：

> 我喜欢
> 喇叭花的小喇叭
> 他神气活现地一吹
> 秋风摇摇荡荡就来了

二

抽闲读书写字，有微薄酬薪入账，全家笑容满满。老公讨去直奔书肆，孩子喜不自禁，有糖果、面包、新装、新玩具，而我只想把才女进行到底。因为读杨绛，钱锺书的那句"最才的女，最贤的妻"拿来实践，才知自己做贤妻灶下婢，做饭洗衣收拾家务还行，这才女……女学者、女教授、女作家集大成为一身的杨绛，在先生百岁晚年，才达到了堪称完美极致的绝顶。按杨绛的最高标准，哪个不是高山仰止，望而却步，何况是我？啧啧，羡煞羡煞！

读杨先生的杂忆杂写，写她与钱先生的初次相识，

第八辑 读书以悦心灵

写她爱钱先生,胜过自己,为了钱先生的著述,宁愿站在先生前头,为他闭门挡客;宁愿躲在钱先生的身后,生火劈柴,买菜做饭;面对生死,宁愿夫在前,妻在后……在九十几岁高龄,忘掉悲伤忘掉自己,著述、翻译的同时,一本一本地整理钱先生生前的学术笔记。

三

假日这些天,畅读杨绛先生的女弟子——资中筠的演讲集。资中筠的文字又是一声声响音重锤,狠狠地敲在我的心坎上。幸运的是,我的孩子还小,一个三岁,一个五岁,未被现实的教育戕害。几次诚挚地和先生探讨,资中筠提到"启蒙"的重要性,先生认为"启蒙",就是恢复用自己的头脑按常识和逻辑来思考问题,绝不能丧失了孩子独立思考的能力。这能力,在家庭教育和学校教育中都重要。资先生的话一针见血,矛头直指今时今日的中国教育,最让她感到痛心疾首的问题就是教育。她说"在中国的所有问题中,教育问题最为严峻",现在的教育,从小传授的就是完全扼杀人的创造性和想象力的极端功利主义。如果教育再不改变,中国的人种都会退化。

一个专门研究美国的女学者,在她八十一岁的年纪,用她心底的人文关怀,用她欲罢不能的讲演著述,用她振聋发聩的无声大音，为一个悠久民族的文化重建振兴呐喊，再呐喊。读完后，我再次和先生重申：家庭是社会的一分子，作为两个孩子的父母，和一群初中少年的班主任，咱们责无旁贷，给予孩子们一个宽松的教育环境，还给他们一份快乐心境，以赋予他们独自思考和创造的空间。在黑暗还没彻底之前、失望还没绝望时，资先生让我们看到了光明和希望。

藏书上的落笔闲章

近来,突然对各种刻印闲章情趣渐浓。读书赏画,专找上面的印记款识,像孙犁的"淳川孙氏",像黄胄的"蠡州梁氏",像周氏兄弟的"旅隼"和"寿则多辱",像齐白石的"三百石印翁"。这些印章背后,总有些或悲或喜故事,让我神思动容。

我也就常常感慨自己,我没有收藏过书画,但我有上万本的藏书,书中有很多类似闲笔落印的爱与故事。

我的第一本藏书,是高中时班里一个文艺男生悄悄塞给我的一本汪国真的新诗集《年轻的思绪》。扉页上,他用淡紫浅蓝素笔,闲章模样,刻描了我的侧面线条剪影。我明处静若止水,暗处由生喜欢,当然还有那个赵姓懵懂男生。这些是当年停留在我的朦胧诗歌里的少女小情愫。在多年以后,翻开书册,再看那侧影肖像,才发现他竟然用我写诗的笔名,变形后勾勒,深埋潜藏其中。

今生有缘遇到我家先生,因为在旧书摊争夺一本名为《唐宋词鉴赏辞典》的古典大书,从那书"不是你的,是我的"开始结识,相爱,结婚,成了一家人。到他执笔狂草,此书即为《静河之缘》——先生名字里有"河",我的名字里有"静"。大部头的第一页上,变成先生老公的他,和做了爱人媳妇的我，就商量着找一刻印章的地方，稍做修改，把我家用来做藏书印的印章，正式取名为"静荷之恋"。可辗转没找到合适的，以后买来的藏书就签上了"静荷之恋"的大名。

再相爱的夫妻，也难免有磕绊摩擦，我俩也不例外。有段时间，他工作上因为琐事，整日愁眉不展，郁郁寡欢；我的写作也遇到了瓶颈，难以突破。俩人左看右看不顺眼。吵，闹，冷战，互不搭理，各自买来的书也开始分居，我的唰唰署上"文静藏书"，他的愤愤填写"振河不借"。可有一天，忽然两人一站到书橱书架，随便拿起一本从前的"静荷之恋"，然后就哈哈大笑，他就说："既然都是书的俘虏，不如和解吧！"再以后，买来的书就改成了"静荷百年"，偶尔也写"静荷白头"。

有了俩女儿后，我们的藏书多了少儿类、童话、寓言、儿歌、故事、古诗，不管是绘本，还是漫画插图版本，凡是孩子爱读、想读，我们都给她们买回家，让她们同样享受父母的读书之乐。俩孩，大的乳名叫大妞，小的叫小妞，怎样给孩子聚来的藏书签名，思考再三，把"妞"拆开，"丑女乐书"。老公说："大妞，小妞，再加上咱俩，读书，这才叫独乐乐不如众乐乐！"

结婚十几年，有闲钱把书们聚来，却没本事、没财力，给它们一个安定居所，几个盛书的橱，哪怕是一个简单的书架也行。在这座城市，我的"静荷之恋"，我的"静

荷白头""静荷百年",我和先生、孩子,一本本,一摞摞的
"乐书"们,却不能安得广厦,像它们的主人一样都属于
蚁族,装进装出,搬来搬去,不知道哪一回,哪本书就丢
得不知去向。

　　为了这些书,2013 年,我们终于下决心贷款买房,买
处带书房的居室,然后我们恭恭敬敬地给书们一一盖上
属于它们居名的印章——先生亲手刻的那枚"静荷书
筑"。

后记

总有一束光,在前方

我的这本小书,历经两年,辗转漂泊,终于尘埃落定,在羊年,与我的书话读者见面。

我不过是一个冀中乡间女子,来到保定,就是想在这座文学重镇,果腹之余,能读书、写作。没考虑太多的名和利,只想让灵魂有所皈依。

2012年年底,因为喜欢读前辈孙犁,一系列孙犁书话的发表,在网络里被孙犁文库的创建者文彦群老师发现,书话文章不断被收进《孙犁书库》新浪博客。经文彦群牵线搭桥,认识了网络读书人靳逊大哥。

由孙犁书话,到我读过的各类名家经典书籍,但凡我收进博客的发表文字,靳逊兄长一篇又一篇打印下来,从七八万字到十几万字,细心装订成册,闲下来时,躺在床上逐字阅读。

从乡村来,带着卑微的心境,闯进别人的城市生活和工作,常常压得自己喘不过气来。我从来不相信自己浅薄的文字会有多大阅读能量。更多时候,就是给自己逼仄的城市生活找个释放情绪的精神出口,替自己缓压。

我的书话文字,其实就是自己阅读时最真实的内心感受，写出来就是一种抒怀，畅快淋漓的感觉我不知道谁能懂？当然，在我婚后辞职做母亲的几年里，我更想把它们换成金钱钞票，帮老公分担一份家的责任，让周围的人看到读书写作也是有价值的。

这些，我的这些想法，一眼便知的大概靳逊大哥是第一人。2013年，他把从我博客上下载整理好的我的书稿，寄给我，让我好好地编辑校对，等机会出版。对这事，我一直持怀疑态度，我写了十年，还没有人对我说我的文字可以印成书出版。

我是个好写手，勤奋努力都习惯了，在照顾俩上幼儿园的女儿的同时不停笔地写作，却不是个好编辑。我难以忍受自己发表文字中的错误和某些不适合自己文字性格的词语。一碰到那些词那些句，我就会毛发直竖，不肯原谅自己，就想绕道而行。

因为孩子，因为重新登上三尺讲台，因为忙得不可开交，我一再以各种借口，拒绝重新编辑和校对自己的书稿。然后很长时间，我和靳逊大哥失去联系。后来突然有一天，他说把我的书稿逐字逐句校对编辑了好几遍。他给我提了不少修改上的意见，并且像个亲大哥一样耐心批评说服我，对文字必须认真一丝不苟，要有对上天一般的敬畏态度，要经得起时间的考验。

比起孩子，比起要发表的文章，或者说比起发表后就能得到稿费的物质诱惑，我总是一拖再拖。直到有一天,偶尔逛网友的书话博客,在评论里得知靳逊大哥博客不更新的真实原因。原来他在替我一遍又一遍地校对书稿,文字越精准无误,越能早日进入出版社的出版计划。为此靳逊兄长早就痊愈的眼疾和颈椎病重新复发,疼痛时难以忍受。

那一天,我把博客关掉,给大哥发纸条。我的书比起你的眼睛和颈椎,实在不重要。如果用我的书出版换不回你的眼睛和颈椎的医治,我宁愿不出版。后来大哥放下了书稿,找医生治疗和体能锻炼。于是我开始根据大哥的修改意见,认真重新整理和校对。

2014年夏天,我刚下课。接到靳大哥电话,大声告诉说,我的书稿经北京儿童作家孙卫卫推荐被江西高校出版社看中。那一刻,在学校多媒体教室,我突然泪流满面,我相信大哥说的绝对是真的。

后来,我还知道推荐者孙卫卫竟然是二十年前我最喜欢的两本杂志《儿童文学》和《少年文艺》的撰稿人,还有他的书话日记粉丝众多,和这样的作家一起出版书话丛书,真是自己的大幸运。

2014年,马年于我来说就是幸运年,靳大哥、孙卫卫,还有丛书策划者邱建国先生,和我一样做母亲的宋美燕编辑,每次在QQ切磋交流,都像认识了好多年。看到"丰派"吴浩然先生所绘制的封面插图,漂泊不定的一颗心有了皈依,感谢吴先生。一群痴迷读书,沉浸书香的人，经常让我有种宾至如归，有种书香大家庭的归属感。所以我把我的书取名叫《小书大家》，一本小书，来到一个书香大家庭里，就像回家。

总有一束光，在前方，在这个春暖花开的季节，走上回家的路。

王文静

2015 年 2 月 25 日晚 10 点